A
Room
Of
One's
Own

一间

只属于自己的房间

［英］弗吉尼亚·伍尔夫 ——————— 著

作家出版社

韩正　彭兴旺 ———————— 译

一个女人如果要写小说 ，

那她一定要有钱 ，

还要有一间只属于自己的房间 。

Virginia Woolf

目录

Chapter
01

·第一章·

不过，你们可能会问，我们请你来谈谈女性与小说——这和自己的房间有什么关系？我就和大家说一说这其中的原因吧。当我收到邀请，来谈谈"女性与小说"这个话题，我就坐在岸边，开始研究这几个字眼的确切含意。我也许可以简单评论一下范妮·伯尼[①]的小说，对简·奥斯汀[②]再多说上一些，然后再称赞一下勃朗特姐妹[③]，对冰雪覆盖的霍沃斯牧师寓所作一个大概的描述，若有可能，就拿米特福德小姐[④]打趣一番，然后恭恭敬敬地引用上几句乔治·艾略特[⑤]

[①] 范妮·伯尼（Fanny Burney, 1752—1840），英国女作家，作品多写涉世少女的经历，代表作《埃维莉娜》。

[②] 简·奥斯汀（Jane Austen, 1775—1817），英国女作家，代表作《傲慢与偏见》。

[③] 勃朗特姐妹，即夏洛蒂·勃朗特、艾米丽·勃朗特、安妮·勃朗特三姐妹。

[④] 米特福德小姐（Mary Russell Mitford, 1787—1855），英国女剧作家，散文作家，诗人。

[⑤] 乔治·艾略特（George Eliot, 1819—1880），英国女作家，代表作《织工马南》《亚当·比德》。

经典原文，再提一下盖斯凯尔夫人①，这样就可以大功告成。但转头一想，这几个字可不是那么简单。"女性与小说"这个主题可能是要谈谈女性以及她们的形象——这或许才是你们的本意；要么，也可能是要说说女性和她们写的小说；不然，就是聊聊女性和那些描写她们的小说。抑或是，这三者错综复杂，你中有我，我中有你，难分彼此——而你们想让我从这个角度来思考这一话题——这种方式倒是最为有趣，可我很快就发现它有一个致命的缺点：我永远也无法得出结论。我知道，我永远也不能履行一个演讲者所应尽的首要责任——让你们在一个小时的访谈之后，能在笔记中记下纯粹的真知灼见，可以永久地留存在壁炉台上。我所能做的，只是在一个次要问题上向大家谈谈我的看法：一个女人如果要写小说，那她一定要有钱，还要有一间只属于自己的房间。正如你们看到的那样，女性的真正性质和小说的真正性质这类重大问题仍然悬而未决。不过，稍作补偿，我打算尽其所能，向大家解释我是怎样得出关于房间和钱这一观点的。我会把导致我产生这个想法的思路向诸位原原本本、毫不掩饰地讲明。也许，如果把我的观点背后的种种想法，或者说种种偏见，向大家原原本本地一一说明，你们就会发现，这和女性与小说都有某些关系。不管怎么说，一个备受争议的话题——牵扯到性别的任何问题都是如此——就不能指望有谁能说出些真知灼见来。我所能做的只是把自己如何得出某些观点，不管这观点是对是错，老老实实地把它讲出来。我也只能让听众觉察到演讲者的局限、偏见、癖性之后，从而得出他们自己的结论。这种情况下，虚构，

---

① 盖斯凯尔夫人（Elizabeth Gaskell, 1810—1865），英国小说家，代表作《玛丽·巴顿》。

倒有可能比事实包含更多的真相。因此，我打算利用自己身为作家的自由和特权，把我来这儿的前两天里发生的事情跟大家谈谈——在知晓你们所给的这个话题之后，我是如何的不堪重负，如何的绞尽脑汁。在我日常生活的里里外外，都在为此费尽心思。显而易见，我所描述的一切纯属虚构：牛桥大学（牛津大学和剑桥大学的合称）只是杜撰，费尔汉姆学院也是杜撰，"我"也不过是为了方便起见所给的称谓，并非真实存在。"我"也会信口开河，但有些真相会和谎言混淆在一起，这就需要你们自己来细心甄别、去伪存真，你们自己决定，哪些话值得牢记在心。倘若没有，你们当然就会把这些整个儿丢进废纸篓，将其统统抛在脑后。

一两周前，那是十月的一个好天气，我（姑且叫我玛丽·贝顿，玛丽·塞顿，玛丽·卡米克尔，或是随便你们，想叫什么叫什么——这都无所谓）坐在河边，想事情想得出神。"女性与小说"这个话题，是我肩上的重负，已经压得我抬不起头来，这个话题一提就会激起各种偏见和冲动，我还不得不为之下一个结论。我的左右两边，长着一丛丛灌木，有的金黄，有的绯红，斑驳闪亮，鲜艳夺目，看上去仿佛熊熊燃烧的火焰。河对岸，杨柳垂绦，随风拂动，在无休无止地轻声啜泣。天空、桥梁，还有岸边那红彤彤的树丛在河水中的倒影清晰可见。一位大学生划船而过，倒影被冲碎了，再次合拢起来，一切如初，好像他从未来过一样。在那里，一个人似乎可以一坐一整天，沉浸在自己的思绪中。思考——不妨给它一个更加高雅的称号——把它的钓线垂入这涓涓河流之中。一分钟又一分钟，钓线在倒影和杂草间摆晃，上下沉浮，随波漂动，到最后——你们知道，就那么轻轻一拉——钓线猛地一沉，一团思想便聚集起来，就上了钩。然后，便要战战兢兢地把它拖上来，还要小心翼翼地将它摆放在草地上。我的这个思考过程，看起来多么微不足道，多么无足轻重，就像一条小鱼，精明的渔夫会把它丢回河里，让它长得更肥大些，有朝一日，可以下锅上桌，让人大饱口福。现在，我不敢拿着这个想法来让你们费神伤脑，然而，如果你们仔细留心的话，便可以从我下面的说辞里，感受到这一思考过程。

但不管它有多渺小，都和同类一样，具有其独特的神秘性质：一回到脑海里，就变得令人兴奋激动，意义非凡；它时而猛冲下沉，时而东游西窜，让人思想上感到汹涌澎湃，上下波动，静坐细思断无可能。我就是这样，不知不觉，健步如飞地踏进一块草坪。立刻，一个男人的身影便出现在我面前，截住了我的路。一开始我也不明白，这个家伙看上去稀奇古怪，外面套着件白天穿的燕尾服，里面却搭了件晚上穿的白衬衫，原来是对我指手画脚。他面露恐慌、表情愤怒。幸好是直觉而不是理性提醒了我，他是教区执事，我是女人。这里是草坪，那里是路。只有研究员和学者才可以踏上草坪，而我只能走碎石小路。这些念头刹那之间闪过我的脑海。等我回到那条小路，教区执事的胳膊就放了下来，脸上恢复了往日的平静。碎石小路走起来是没有草地舒服，但也没什么大碍。不管什么大学的研究员或是学者，我所能提出的唯一控诉就是为保护他们这片被踏了三百年之久的草坪，却碰巧把我的小鱼吓得不知跑到哪里去了。

让我如此大胆地擅闯草地的到底是个什么样的想法，现在已记不起来了。安宁的心灵就像一片祥云从天而降，它会落到什么地方呢，那准是在这个美好的十月清晨，落到牛桥大学的庭院和四方形的广场上。漫步在大学里那一条条古老的走廊上，那时的不快似乎也烟消云散。躯体视乎被容纳在一个神奇的玻璃房子里,任何声音都不能穿透这个房间,而心灵,也摆脱了世间的纷繁复杂(除非又擅自闯入那片草地),可以自由自在地沉浸在与此时此刻正相宜的冥想里。好像某种机缘一般,不经意记起的某篇旧文中提到的假日重访牛桥大学的经历,又让我想起了查尔斯·兰姆[①]——萨克雷[②]把兰姆的一封信放在额头,称他为"圣查尔斯"。的确如此,在所有去世的前辈中(我想到哪儿,就说到哪儿),兰姆是最和蔼可亲的一位,人们不禁想问他:"那么请告诉我,你是怎么样写随笔的呢?"我觉得,他的随笔要比马克斯·比尔博姆[③]更胜一筹,尽管比尔博姆的散文造诣很高,尽善尽美,但他那疯狂的想象力、行文中迸发出天才式的闪电般的灵光,使他的散文出现了瑕疵或者说是缺陷,不过,倒是处处闪现着诗意。大概一百年前兰姆来到了牛桥大学。当然,他写下了一篇随笔——名字我记不清了——它讲的是,他在这里看到了弥尔顿[④]的一首诗的手稿。那首诗大概是《利西达斯》,而兰姆写道,当他想到《利西达斯》诗作中的字词可以更改时,感到大为震惊。弥尔顿对这首诗进行了改动,在兰姆看来,这种事情连想一想都是一种亵渎神灵的行为。我也在脑海里回忆这首诗中所能记起的字句,而揣测一番哪个字是弥尔顿更改过的,为什么要改,这对

---

① 查尔斯·兰姆(Charles Lamb, 1775—1834),英国散文家,著有《伊利亚随笔集》等。
② 萨克雷(William Makepeace Thackeray, 1811—1863),英国小说家,代表作为《名利场》。
③ 马克斯·比尔博姆(Sir Max Beerbohm, 1872—1956),英国漫画家和作家。
④ 弥尔顿(John Milton, 1607—1674),英国诗人,代表作《失乐园》,《利西达斯》写于 1637 年,为悼念好友夭折而作。

我来说却是乐趣。接着我便想到，兰姆所看过的那份手稿近在几步之遥，倒可以追随兰姆的足迹，穿过四方院，到那家著名的图书馆，便可以一睹珍藏多年的那件宝贝。当我把这个想法付诸实施的时候，我还想到了，正是这家著名的图书馆，还保存着萨克雷的《亨利·埃斯蒙德》的手稿。《亨利·埃斯蒙德》被评论家誉为萨克雷最完美的小说。可是我记得，这本书矫揉造作的文风，以及它对十八世纪写作风格的模仿，只会让人觉得束手束脚，除非对萨克雷来说，十八世纪的风格的确算得上自然——看看手稿便可得到证实，到底萨克雷是修饰了文风，还是丰满了文意。但是另一方面，那要分清什么是文风，什么是文意，这个问题——不过，此时我已经站在那扇通往图书馆的大门前了。我一定是打开了那扇门，因为这时一位满头银发、看似和蔼的绅士走了出来，挡住我，对我很不以为然，他就像一位堵路的守卫天使，只是他张开的并非一双白翼，而是一袭黑袍。这位绅士一边挥手，示意我回去，一边声音低沉、略带遗憾地告诉我，女士不得入内，除非有学院的研究员陪同或者带有介绍信。

一个女人的诅咒，对一所著名的图书馆来说，完全是一件无关紧要的事情。它，一副德高望重、若无其事的样子，把宝贝全都安全地锁在怀里，心满意足地睡着，不过对我而言，它将永远这样沉睡下去。我怒气冲冲地走下台阶，发誓永远不会惊扰它的好梦，永远不会再次要求它的款待。离午餐还有一个小时，那我还能做些什么？在草坪上走一走？到河边坐一坐？当然，十月的上午秋高气爽，红叶飘落遍地，走走还是坐坐，都不是什么苦差事。一阵音乐又传到了我的耳边。正在做礼拜或是正在举行什么庆祝活动。当我经过教堂门前，管风琴如泣如诉奏着庄严的乐曲。那基督门徒的哀悼，从安宁静谧的空气中传来，更像是对忧伤的回忆，而不是忧伤本身。甚至那古老管风琴的哀鸣，也被这片安宁恬静所融化。即使我有这个权利，我也不想推门进去，教堂的执事大概又会把我拒之门外，向我索要受洗礼的证明或者教区长开具的介绍信。不过这些宏伟壮丽的建筑物外观之美通常毫不逊色于其内观之美。除此之外，看教堂的集会也挺有趣的，会众从教堂的大门进进出出、忙忙碌碌，就像一群蜜蜂拥在蜂巢的入口。大多数身披长袍、头戴方顶帽；有些肩上披着毛皮制的穗带；另一些坐在轮椅上被人推着；还有一些，虽然未过中年，但脸上已起了褶子，却似乎被劳累压得奇形怪状，让人不由得想起水族馆旁的沙滩上费尽力气、喘着粗气、爬来爬去的那一只只硕大的螃蟹和螯虾。我斜倚在墙上，那大学确实就像一个庇护所，稀有物种尽在其中，若是把他们全丢在斯特兰德大街的人行道上，让他们为生存而战，恐怕他们早就一命呜呼了。有关以前的系主任和学监的陈年旧事又在我脑海里盘旋，在我鼓足勇气吹响口哨之前——据说当时一听见口哨声响，那些老教授立刻拔腿就跑——那些令人尊敬的会众早已进了教堂，只留下教堂的外面供人观瞻。你们知道，那教堂的穹顶和尖塔夜晚点亮了灯，几英里之外在山那边都看得见，就像远处一条条总是在航行却从不靠岸的帆船。不妨设想一下，曾几何时，这块方形广场，还有齐整的草坪，以及宏伟的建筑物和教堂，都是沼泽湿地，当时荒草连天，猪儿拱土觅食。我想一定是一队队的牛马拉着四轮货车，把一车车的石头从遥远的乡村拉过来，然后一群群的工人费尽千辛万苦将大石头一块一块地砌好，我才得以在这灰色的长石旁纳荫乘凉。还有油漆工给窗户安装玻璃，几百年来经常有泥瓦匠，带着铁铲泥刀，在穹顶上涂抹油灰水泥。每逢周六，一定有人从皮制的钱袋里把金币、银币倒进那些老工匠手里，他们才能晚上喝酒和玩九柱戏的游戏。我想，那金币银币一定如潮水般源源不断地流进这座院子里来，只有这样，一车车的石头才能运进来，泥瓦匠才能不停地忙碌着——平地、开沟、挖掘、排水。不过那时还是信仰时代，金银财宝滚滚而来，这些石头就变得根深基厚了。当房屋建好以后，更多的金银从国王、王后以及王公贵族的金库里流出来，以确保这里颂歌长传、诲人不倦。有人赏赐土地，有人缴纳税费。而当信仰时代结束，理性时代来临，金币、银币依然长流不息：既设置了研究员的职务，又增添了讲师的岗位。只是那些出钱的，不再是国王，而是换作了商人和工厂主，那些靠工厂发财的人。他们在遗嘱中，把一部分财产慷慨地捐赠给他们学到本事的大学作为回报，大学就添置了座席，请来了更多的讲师和研究员。因此，就有了图书馆和实验室，就有了天文台，就有了现在立在玻璃架上价格昂贵、做工精密的高级设备。而这里，几个世纪前，也曾荒草连天，猪儿拱土觅食。我在这庭院里信步闲逛，的确如此，脚下金币与银币夯实的地基足够深厚，在那荒草之上的人行道路也足够结实。头顶浅盘的男人们匆忙地从一个楼梯走向另一个楼梯。艳丽的花朵在窗口花坛里盛放。留声机响亮的旋律从屋内传来。不去细思是不可能的——但不管想到什么，也只能到此为止。钟敲响了，吃午饭的时间到了。

让人奇怪的是，小说家总有办法让我们相信，午餐聚会让人怀念，想必是有人在餐桌上说了什么妙趣横生的话、做了什么聪明睿智的事。他们却对于所吃的食物只字不提。对鲜汤、鲑鱼和乳鸭避而不谈，这已成了小说家的惯例之一，就好像鲜汤、鲑鱼和乳鸭毫不重要、不值一提，就好像未曾有人吸过一支雪茄、喝过一杯红酒一样。然而，我要在这里冒昧地挑战一下那个惯例，告诉你们，这次午餐先上的是比目鱼，盛在一个深沿的盘子里，学院的厨师在上面浇上了雪白的奶油，只零星露出些褐色印记，像雌鹿肋腹上的斑点一般。接着上来的是鹧鸪，但是如果你们以为那是一两只棕色的、煺了毛的鸟，那你们可就大错特错了。这道菜上的鹧鸪数量众多，色泽各异，口感不同，一并端上的，还有调味汁和凉拌菜，不论是辛辣还是香甜，井然有序；配菜里的土豆片，薄如硬币，不过自然没硬币那么硬；而球芽甘蓝，好像玫瑰花芽但又更加鲜嫩多汁。烤鹧鸪及配菜刚刚用完，那位静候一旁的男仆，也许就是教区执事本人，表情较先前温和了许多，将餐后的甜点端了上来，餐巾环绕在四周，白糖宛若从水中翻涌而出的浪花。倘若把它叫作"布丁"，从而把它和大米、淀粉联系起来，就未免有伤大雅了。与此同时，玻璃杯中的酒，喝干了又斟满，这酒的颜色，就在淡黄与烈红之间交错。小酌几杯之后，我们灵魂之所在——脊柱中央，逐渐被点亮，不是那种刺眼的、闪耀的灵光，那灵光只能在我们的唇舌之间进出，而是一种更深邃、更敏锐也更隐秘的理性之火，在人与人的理性交流中，燃起的金色火焰。不必匆匆忙忙，不必光彩照人，不必成为别人，只做自己。我们都会升天，且与凡·戴克[①]为伴——换句话说，就像现在，点上一支好烟，靠在软垫上，坐在窗边，生活多么美好，回报多么甜蜜，怨恨不满似乎多么微不足道，唯有友谊相伴、志同道合才值得称颂。

---

① 凡·戴克（Sir Anthony Vandyck, 1599—1641），比利时宫廷画家。

倘若凑巧手边有一只烟灰缸，不必随手把烟灰弹到窗外，倘若事情与实际情况略有不同，我又怎么会看到，譬如说，一只没有尾巴的猫。那只突然出现、短了一截尾巴的小家伙悄悄地穿过那方形广场，一下子触动了我的心弦，心境也随之而不同，就像有人投下了一片影子，光线的强弱也随之变化。或许那美酒已让我不胜酒力了。我看见那只曼岛猫①在草坪中央停了下来，好像它在思索宇宙万物，的确，是欠缺了些什么，是有些不同。我一边听着别人谈话，一边问自己：欠缺的是什么，不同的又是什么？为了回答这个问题，我不得不想象自己已离开这个房间，回到过去，确切地说，是战前，来到了另一场午餐聚会，就在离这里不远的房间里，但那与现在可是千差万别，一切全都变了样。这时，宾客们交谈甚欢，来客众多，都很年轻，有男人，有女人。一切都很顺利，交谈融洽，轻松自由，惬意风趣。与此同时，我把另一场交谈和眼前的交谈进行比较，毫无疑问，此次交谈即为彼次交谈的后代，简直就是其合法继承人。什么也没有改变，没有什么是不一样的，只不过我竖起耳朵，并不是去听他们在说什么，而是在听那话语之外的低沉声音，或者说是气流声。是的，就是这——不同就在这里。在战前这样的午餐聚会上，人们聊的话题和现在完全一样，只是他们说起话来，语气却大不一样，因为那时，他们腔调里有一种嗡嗡声，虽然并不清晰，却和谐悦耳，让人兴奋，它改变了话语本身的价值。难道人们可以给这些话语配上共鸣吗？或许这只能借助诗人的力量。在我身边摆放着一本书，我随手翻开，完全在不经意间翻到了丁尼生②。这里，我

---

① 曼岛猫：Manx，一种短尾家猫。

② 丁尼生（Alfred Tennyson，1809—1892），英国桂冠诗人。

听到丁尼生在吟唱：

一滴晶莹的泪珠落下

落在那门前怒放的西番莲花上。

她来了，我的小鸽子，我的爱人；

她来了，我的生命，我的命中注定的人儿；

红玫瑰在呼叫，"她近了，她近了"；

白玫瑰在哭泣，"她来晚了，她来晚了"；

飞燕草在倾听，"我听到了，听到了"；

百合在低语，"我等着她，我等着她"。

难道那就是战前男人在午餐聚会上吟唱的诗句吗？那女人呢？

我的心房，像一只唱歌的鸟儿

它的巢筑在挂满露水的嫩枝；

我的心房，像一棵苹果树

累累的硕果压弯了它的枝丫；

我的心房，像七彩的贝壳

它在静谧的海湾嬉水；

我心中的欢乐胜过这所有一切

因为我的爱人已来到我身边。

难道那就是战前女人在午餐聚会上吟唱的诗句吗？

一想到在战前的午餐聚会上，男男女女在低声吟唱这样的诗句，我觉得非常滑稽，便忍不住大声笑了出来，不得不指着那只曼岛猫来为自己的笑声作托词，那可怜的小家伙没了尾巴，站在草坪中间，看上去确实显得有点滑稽。它是天生如此，还是出了意外失去了尾巴？这种无尾猫，虽然有人说曼岛上就有，然而却要比想象中少得多。它是一种奇怪的动物，与其说是美丽，倒不如说是新奇。一条尾巴竟会产生如此大的区别，真让人匪夷所思——你们也知道，这类话不过是要等到午餐聚会曲终人散，大家各自去取大衣、帽子时所说的。

这次午餐聚会，由于主人的盛情款待，一直持续到很晚。十月的艳阳西沉，我走在林荫大道上，秋叶从树上纷纷飘落。一扇又一扇的大门似乎都在我的身后轻轻地、毅然决然地关闭了。数不清的教区执事将无数把钥匙塞进油润的锁眼里，宝库又将安然无恙地度过一晚。走过林荫道，外面是一条大街——我记不清名字了——只要你不转错弯，就会一直通向费尔汉姆学院。不过，时间尚早，要到七点半的时候才吃晚餐。而且刚刚吃过这么一顿大餐，晚餐大可不必再吃了。奇怪的是，头脑里依稀记得这么几句诗，就让双脚踏着它的节奏一路走下去。那些诗句——

> 一滴晶莹的泪珠落下
> 落在那门前怒放的西番莲花上。
> 她来了，我的小鸽子，我的爱人——

在我的血液里歌唱，此时，我正快步朝着海丁利走去。然后，在河水拍岸的地方，我又转向另外一个音步，唱道：

> 我的心房，像一只唱歌的鸟儿
>
> 它的巢筑在挂满露水的嫩枝；
>
> 我的心房，像一棵苹果树……

多么伟大的诗人啊，我放声大喊，像人们在黄昏时分会大喊大叫一样，他们是多么伟大的诗人啊！

或许，对先人赞美的同时，也为我们自己的时代而感到些许嫉妒。尽管这样比较愚蠢荒唐，可我还是想知道，平心而论，谁能说出两位还在世的诗人的名字，就像当时的丁尼生和克里斯蒂娜·罗塞蒂那般伟大？我朝着那泛起浪花的河水望去，显而易见，在我的心中，他们是无与伦比的。诗歌之所以让人心醉、让人痴狂，就在于它所称颂的，是那些我们也曾拥有的某种情感（也许是战前的午餐聚会上曾有过），人们毫不费力、自然而然地被触动，不用再三琢磨，不用与此时此刻的任何情感相比较。而如今的诗人所表达的，却只是那些生造出来又被剥夺的感情，人们一开始并没有认出来，出于某种原因，人们还惧怕它，不敢面对。每每读到，就迫切将它与熟知的往日情怀相比较，不免让人心生妒忌、疑惑重重。现代诗歌难懂就由此而来，正是由于它们晦涩难懂，谁还记得住哪个优秀的现代诗人连续两行以上的诗句？因此——我的记忆力也不怎么样——也拿不出什么材料来佐证我的说辞。我一面朝着海丁利继续走去，一面问自己，为什么在我们的午餐聚会上，再没有人低吟浅唱了？为何阿尔弗雷德（丁尼生的教名）不再唱道：

> 她来了，我的小鸽子，我的爱人；

为何克里斯蒂娜不再随声应和：

我心中的欢乐胜过这所有一切

因为我的爱人已来到我身边。

我们是否可以将此归咎于那场战争？当一九一四年八月的枪炮响起，难道男人和女人的面容就在彼此眼中变得毫无魅力，浪漫从此将被扼杀？在炮火中看到我们的统治者的嘴脸，真让人大为震惊（对女人来说尤其如此，因为她们对读书受教诸如此类的事情心存幻想）。那副嘴脸真是丑陋至极——德国的、英国的、法国的统治者们——真是愚蠢透顶。但不管我们将过错归咎于何处，归咎于何人，那曾激起丁尼生和克里斯蒂娜·罗塞蒂的热情，让他们为爱人的到来忘情地歌唱的幻觉，跟此时相比，已寥寥无几。我们只能靠阅读，靠观察，靠倾听，靠回忆。但为什么要说"归咎"呢？如果那是种幻觉的话，为何不去赞扬那场使幻觉破灭、真相浮出的灾难？且不管它是什么灾难，因为真相……只能靠这些省略号来记录了。在寻找真相的时候，我忘记该拐弯去费尔汉姆了。是的，的确如此，我问自己，何谓真相，何谓幻象？譬如说，对这些房屋来说，什么才是真相？此刻，它们在薄暮中昏暗朦胧，却由于红色窗子而显出节日的喜庆，而到了上午九点钟的时候，它们又由于散落的甜点、乱丢的鞋带而显得粗俗肮脏。还有那柳树、长河、沿岸的花园，此刻它们由于笼罩在上面的薄雾而模糊不清，但若艳阳高照，它们便会显得金光灿烂、红彤艳丽——那对它们来说，何谓真相，何谓幻象？我不用你们为我的辗转纠结而大伤脑筋，因为在前往海丁利的路上，我也没能得出结论。很快我就发现自己转错了弯，于是又往回走，回到通往费尔汉姆的大道上。

我已经说过，这是十月的一天，我不敢更换季节，去描述垂在花园墙头上的丁香花或是番红花、郁金香花或是其他春季盛开的花，生怕辱没了小说的美名，从而让你们大失所望。小说必须忠于事实，越是贴近事实，小说就越精彩——我们听到的都是这种说法。因此，仍然是秋天，树叶依旧枯黄、随风飘落，要说有什么区别的话，就是落得比以前稍微快了些，那也是因为已近黄昏（准确地说，是七点二十三分），凉风拂起（准确地说，是西南风）。尽管如此，总有些莫名的奇怪的感觉：

我的心房，像一只唱歌的鸟儿
它的巢筑在挂满露水的嫩枝；
我的心房，像一棵苹果树
累累的硕果压弯了它的枝丫——

或许是克里斯蒂娜·罗塞蒂的诗句，在某种程度上造成了这种荒唐的幻象——当然它不过只是幻象——丁香在花园的墙头摇曳抖动，黄蝶翩翩起舞，疾风刮起，空气中花粉弥漫，随风飘动。一阵风吹来，也不知来自哪个方向，却把新嫩的叶子掀起，于是，空中便亮起了闪闪的银灰色的光。正是夕阳西下、夜色初起，色彩更加浓郁，紫红色的火焰和金黄色的火焰在窗玻璃上交错燃烧，就像兴奋的、跳动不已的心脏。不知出于什么原因，世间的美一刹那喷涌而出，却又转瞬而逝（这时，我推开花园的大门径直而入，一定是有人大意了，门没有锁，而教区执事也不在附近），那即将逝去的人间之美，犹如一把双刃剑，一面惹人喜爱，另一面却惹人痛苦，令人心碎。费尔汉姆学院的花园在春天的薄暮中一览无余，荒芜空旷，长草萋萋，星星点点的黄水仙和野风信子肆意生长，或许，即便是花开最盛的时候它们也依旧凌乱不堪，更何况现在疾风吹拂，它们便摇曳摆动，似乎要连根拔起。那大楼上的窗户，仿佛是惊涛骇浪中轮船上的窗子，沉浮在红砖卷起的浪花里，春日的云朵飞速掠过，不时在窗上投下影子，让它一会儿亮如柠檬，一会儿暗如银灰。有人躺在吊床上，有人在草坪上快步跑过，在这昏暗的薄暮中，那都是些模模糊糊的影子，像是真实，又像是幻觉——难道没有人出来阻止她吗？——然后露台上探出了一个半弯的身影，像是出来透口气，顺便看一眼这花园，衣衫朴素，前庭饱满，谦逊恭谨，令人敬畏——难道有可能是那位著名的学者，会不会就是 J-H- 本人（为伍尔夫所仰慕）？一切皆是灰暗，却又如此强烈，好像薄暮为花园笼上的围纱已被星辰或是利刃扯成碎片——那是可怕的真相露出的锋芒，它以自己的方式从春天的心脏里跳跃而出。因为青春——

我的汤来了。正餐就设在大厅。其实，现在这是十月的晚上，远非春日。大家都聚集在大餐厅里。正餐已经准备好了。汤端上来了，是那种清淡的肉汁汤，看上去寡淡乏味，毫无诱人之处。汤清澈见底，若是盘子底部印有什么图案，那真是可以看得清清楚楚。可惜连盘子也那么平淡无奇，没有任何装饰。接着端上来的是牛肉，配的是土豆青菜——家常菜里最常见的三位一体的搭配，让人不禁联想到周一清晨，女人拎着编织袋，走在泥泞的菜市场上，在钩挂着牛后臀的肉摊前，或是对着叶边儿卷曲、发黄变色的卷心菜，讨价还价直到便宜几个便士。既然供应充足，没有理由对我们的一日三餐不满，不用说，煤矿工人吃的肯定比这要差得多。接下来上的是西梅子和蛋奶糕。虽然有蛋奶糕来缓解一下，还是有人抱怨西梅子，这没营养的蔬菜（它们不是水果），这西梅子就像守财奴的心脏一样多筋，渗出的汁液就像守财奴的静脉里流出来的液体，这守财奴一辈子舍不得吃、舍不得穿，更舍不得去施舍穷人，这抱怨的人也该想想，这些西梅子就算是他们大发慈悲了。接下来上的是饼干和奶酪，此时水罐便开始在人们手里递来递去，因为饼干本性干燥，何况这饼干又干到骨子里了。这就是所有的一切。这顿饭到此为止。每个人都嘎吱嘎吱地把椅子推到后面，双开式弹簧门来来回回地不停旋转，不消一会儿，大厅里就收拾一空，一点饭菜的影子都没有了，毫无疑问，他们又为明天的早饭做好了准备。英格兰青年们在走廊里、台阶上，嚷嚷闹闹，放声歌唱。而一位客人，一个外人（因为和三一学院、萨默维尔、格顿、纽纳姆或是基督教学院相比，我们费尔汉姆学院，没什么权利可言），能不能说上一句，"饭菜一点儿也不好"，或是说（现在我们，玛丽·塞顿和我，正在她家的会客厅里），"难道我们不可以在这里单独享用晚餐吗？"因为要是说出这样的话，我就是在暗中窥探，想搞清楚这家人的经济状况。在外人看来，这房子非常漂亮，充满欢笑，令人振奋。不，这种话可不能说。说实在的，交谈片刻之间就变得索然无味。人体结构就是如此，心脏、躯体、大脑浑然一体，而不是属于各自隔开的空间。毫无疑问，即使再过上千百万年也是如此，所以，这顿饭吃得好不好就极大地影响到话谈得愉不愉快。一个人要想头脑清醒、爱情甜美、睡眠酣畅，若是吃不好，肯定是不行的。脊椎里的那盏心灵之灯靠牛肉和西梅子是点不亮的。我们大概都会升入天国，而凡·戴克，我们希望，就在下一个路口等着。这就是一日辛劳后，靠着牛肉和西梅子滋养出来的心境：将信将疑，还觉得自己蛮有资格。所幸，我这位教科学的朋友，橱柜里还有一坛酒，几盏小巧的杯子——（不过那首先得有鲑鱼和鹧鸪来开胃）——我们才得以围坐在炉火旁，让一天的生活所带来的伤害也有所慰藉。大约一两分钟，我们的话匣子便打开了，你一句我一句，谈的不过是那没来的人，是他们引起了我们的兴致，再次相聚也是如此——有人结了婚，有人还没有；这个人这么想，那个人那么想；想不到有人会飞黄腾达，有人却每况愈下——一旦开了头，就难免会落到揣度人性上，然后对我们身处的大千世界说长道短。虽然嘴上还对这些评头论足，我已经满心羞愧起来，因为心中又滋生了另一个念头，任由着自己的思绪随风飘荡。你可能在谈论西班牙或者葡萄牙，在谈论图书或者赛马，但不管说些什么，其实这都不是你的真正兴趣之所在。吸引你的，是大约五世纪前，泥瓦匠们在高耸的屋顶上忙碌的场景。国王和贵族把一大袋一大袋的钱埋在地里。这个场景总会栩栩如生地浮现在我的面前，而在这幅场景之外，我还看到瘦得皮包骨的母牛、泥泞的菜市场、枯萎的青菜以及老人满是筋络的心脏——这两幅场景，既不连贯也毫无关系，看上去荒诞可笑，却总是争先恐后地交互出现，我万般无奈，只好听之任之。只要不让交谈被曲解，最好的做法就是把我头脑中的画面毫无保留地说出来，如果凑巧的话，就会像先王的头颅，在温莎古堡的墓棺被打开时，便褪色碎裂。于是，我便简明扼要地告诉塞顿小姐，多年以来泥瓦匠们一直在教堂的房顶忙碌；还告诉她，国王、王后还有贵族们肩上扛着整袋整袋的金币银币，又一铲一铲地把它们埋到地里；我猜，在我们自己的时代，那些金融大亨把支票和债券放进了别人曾经存放金银的地方。而这些，我说道，全都长眠于那几所学院之下。但是，我们身处其间的这所学院，在那厚实的红砖下，在那花园中荒芜凌乱的野草下，又埋藏着什么东西呢？在我们吃饭用的那平淡无奇的盘子背后，还有（我还没来得及停，话便脱口而出）那牛肉、蛋奶糕、西梅子的背后，又是一种怎样的力量呢？

嗯，玛丽·塞顿说，那大概是一八六〇年吧——哦，那个事你也知道，她这样说，可能是说的次数多了，而感到厌烦。然后她告诉我——房间被租用了。委员会的委员碰了面，信封上写了地址，公告贴了出来。会议召开了；信件宣读了；某某人作出重诺。而相反，某先生连一个子儿也没出。《星期六评论》可不会口下留情。我们去哪里筹钱来租办公室？我们要不要搞一次义卖？能不能找个漂亮姑娘来撑门面？我们看看在这件事情上约翰·斯图尔特·穆勒①是怎么说的？有没有人能说服某报的主编把那封信刊登出来？能不能请某夫人为那封信签个名？某夫人眼下不在城里。六十年前的事情就这样办成了，付出的辛苦非比寻常，耗费的时间过于漫长。经过长期的争取，最终克服了千难万险，大费周折才募集了三万英镑。②显而

---

① 约翰·斯图尔特·穆勒（John Stuart Mill, 1806—1873），英国哲学家、经济学家和逻辑学家，代表作《政治经济学原理》《论自由》等。

② "我们被告知，至少得要三万英镑。……考虑到在大不列颠、爱尔兰和各个殖民地中只有一所这样的学院，考虑到为男子学校筹集巨款轻而易举，这也不算一笔大数目。但考虑到很少有人希望女子受到教育，这的确又算一笔巨款。"——斯蒂芬夫人，《艾米丽·戴维斯与格顿学院》——原注

易见，她说，我们喝不上美酒，吃不上鹧鸪，用不起头顶托盘的仆人，更不用说沙发和单间了。"安逸舒适，"她引用了一本什么书上的话，说道，"还是等以后再说吧。"[①]

那些女人，年复一年辛勤劳作也难以挣到两千英镑，她们竭尽全力却筹了三万英镑，我们义愤填膺，忍不住为女性遭受的贫困处境疾声呐喊。我们的母亲一直都在干什么，一分钱也没给我们留下？忙着涂脂抹粉吗？在盯着大商场的橱窗吗？还是在阳光灿烂的蒙特卡洛大街上招摇过市？壁炉台上面挂着几张照片，玛丽的母亲——如果那是她的照片的话——也许她空闲时，就知道享乐（她和教堂里的一位牧师生了十三个孩子），如果真是这样，那些奢靡享乐的生活，在她的脸上留下的痕迹真是微乎其微。这位老太太看上去相貌平平，包在一块格子花披巾里，用一枚大别针扣住。她坐在柳条椅上，哄着一只长耳猎犬向镜头看，表情有趣却略带紧张，因为她知道只要照相机快门一按，她的猎犬准会直扑上去。倘若她当初从商，成了人造丝的制造商，或是证券交易所的大亨；倘若她为费尔汉姆学院留下二三十万英镑，今晚就会变得舒适安逸，而我们的话题就会是考古学、植物学、人类学、物理学，还可以研究原子属性，探讨数学、天文，聊聊相对论、地理。倘若塞顿夫人还有她的母亲，以及她母亲的母亲，都学会了赚钱的伟大技能，就像她们的父亲和祖父一样，留下钱财，专为女性设置研究员和讲师职位、设立奖项和奖金的话，我们就可以从容不迫地单独享用一顿大餐和美酒，可以理直气壮地去憧憬生活，期待在某种慷慨捐赠的职业庇护

---

① "攒下的每一个便士都被用来盖房子了，因此安逸舒适还是等以后再说吧。"——R·司徒雷奇，《事业》——原注

下，体面愉快地度过一生。我们可能正在探险或者写作，在迤逦的风光里信步闲逛，坐在帕特农神庙的台阶上冥想，或是十点钟去办公室坐坐，下午四点半舒舒服服地回家写首小诗。只是，如果塞顿太太们从十五岁就开始做生意的话——这个观点说不通的地方就在于此——那就不会有玛丽了。我问道，玛丽对此作何感想？从窗帘的缝隙往外看，十月的夜晚甜美静谧，渐渐枯黄的树上挂着一两颗星星。她是不是情愿牺牲她应得的那份财产，也牺牲她对苏格兰的回忆——那里的嬉戏、争吵（她们有一个幸福的家庭，虽然是一大家子人），那里的清新空气和可口的糕点让她赞叹不已——来换得费尔汉姆学院那大约五万英镑的捐款，只需她动动手，大笔一画？须知，若是给学院捐款，势必要以牺牲家庭为代价。既要赚大钱，又要生养十三个孩子，没有人能受得了。想想这些现实情况吧。生孩子先要十月怀胎。一朝分娩，还要三四个月的时间为婴儿哺乳。哺乳期过后，自然要花上大约五年的时间陪孩子嬉戏玩耍。似乎也不能让孩子满街乱跑。有人在俄国看到四处撒野的孩子，便说，这可一点也不讨人喜欢。人们还说，一到五岁期间，正是性格形成时期。我便问，倘若塞顿太太一直忙着挣钱，那你对嬉戏和争吵还有什么回忆？苏格兰在你心中又是什么形象？那里清新的空气、可口的糕点，以及其他一切，你还有什么印象？只可惜这些问题毫无意义，因为如果那样的话，你就根本不会来到人世间。另外，如果塞顿太太和她的母亲，以及她母亲的母亲积攒了大量财富，埋在学院和图书馆的地基下，又会发生什么呢？这个问题也同样毫无意义。因为，首先，赚钱对她们来说是不可能的；其次，即使她们有可能赚到钱，法律也不会承认她们有权利把这些赚来的钱据为己有。塞顿太太拥有自己的一便士，也不过是最近四十八年才出现的事情。而在此之前的千百年，那一直都是她丈夫的财产——而塞顿太太和她的母亲，以及她母亲的母亲一直都被证券交易所拒之门外，这种推测大概也是理所当然。她们可能会说，我赚的每一分钱，都是我丈夫的，他完全可以自行决定钱怎么花——或许就捐赠给巴利奥尔学院、国王学院，设一项奖学金、添一项研究员的职位。所以说，即便我能赚钱，我对赚钱也提不起多大兴趣。这件事还是让我丈夫去做吧。

无论如何，且不去提该不该责怪照片上那位忙着照看猎犬的老太太，毫无疑问，出于某种原因，我们的母辈把她们自己的事情打理得一团糟。一个子儿也拿不出来，以供我们"安逸舒适地生活"，更别提让我们吃上鹧鸪，喝上美酒，请得起教区执事来监管草坪，读书、抽雪茄，去图书馆和闲暇自在。在这荒凉的土地上修起光秃秃的墙壁，她们已是尽其所能了。

我们就这样站在窗前东拉西扯，俯瞰下方，和每晚成千上万双眼睛一样，注视着这座著名城市里的穹顶和尖塔。在深秋的月光下，它们如此美丽，如此神秘。古老的石墙洁白庄严，让人想起那里收藏的书籍；想起挂在木雕饰壁上的老主教和知名人士的画像；想起在过道上洒下圆圆星点和弯弯新月的彩色窗子；想起匾额、纪念碑、铭文；想起喷泉和青草；想起方形广场两侧静谧的房间。我还想到（请原谅我的这种想法），那令人羡慕的轻烟、美酒和深深的扶手椅、柔软的地毯；想到温文尔雅与端庄体面都来自奢侈、舒适、安逸的生活。这些都是我们的母辈不能为我们提供的——她们要攒三万英镑可比登天还难，她们还为圣安德鲁斯的牧师生十三个孩子。

于是，我便返回旅馆。走过那幽暗的街道，我左思右想，一天的工作结束后人们都会这样。我在想，为什么塞顿太太没有钱留给我们；贫穷对心灵有什么影响；富有对心灵有什么影响；我又想起上午见到的那些肩披毛皮穗带、稀奇古怪的老先生；又想起要是有人吹口哨，不知哪位老先生会拔腿就跑；想起教堂里管风琴发出低沉的哀鸣以及图书馆紧闭的大门；而后又想起被拒之门外，心中颇为不快；但转念一想，被锁在里面说不定更糟糕；还想到了男人享受富足安逸，而女人却要忍受贫穷不安，还有传统的有无对作家的心灵到底产生怎样的影响。最后我想，是时候该把这一天被蹂躏的外壳，以及各样争论、各种印象连同这一天的愤怒欢笑，统统卷起掷进篱笆墙里。蓝色天幕上，千万点星光闪耀。而在这个神秘莫测的社会中，人人都似乎形单影只。所有的人都睡着了——或卧或躺，悄然无息。牛桥大学的街头巷尾，杳无人迹。旅馆大门突然开合，却全然不见那只推它的手——连门役也睡了，没有人为我掌灯，送我就寝，夜已深了。

Chapter
02

·第二章·

现在，请你们继续听我讲，场景已经转换，不再是牛桥大学，却已是伦敦，不过依旧是秋天，黄叶遍地。而我还要请你们发挥一下自己的想象力，设想有一间房间，就像其他成千上万个房间一样，它有一个窗子，越过行人，越过货车汽车，便与对面的窗子遥遥相望。屋内，桌子上放着一张白纸，上面写着几个大字：女性与小说，仅此而已。遗憾的是，在牛桥大学用过午宴和晚餐，却没有能参观一趟大英博物馆。只有把个人情绪和偶然因素从杂乱纷繁的琐事中剔除干净，才能真正做到去粗取精、去伪存真。因为，牛桥之旅还有那里的午宴和晚餐，让我心生诸多疑问。为何男人饮酒，而女人喝水？为何男人享尽荣华富贵，而女人却如此寒酸落魄？贫困之于小说，影响几何？艺术创作，又需要什么特定条件？——千般疑问蜂拥而来。但我们需要的是答案，而非问题。但想知道答案，就要去请教博学之士、公正之人，他们早就不逞口舌之能、不受外物所惑，将自己的研究论断编纂成书，出版发行，然后这些巨著大作就陈列在大英博物馆里。倘若大英图书馆的书架上也找不到真理，我拿出纸笔，反复思索，那么真理又在何方？

既然一切准备就绪，我又如此自信、如此好奇，就赶紧踏上了寻求真理的征途。虽没下雨，天却阴沉沉的，大英博物馆周围的街巷里，地下小煤窑四处可见，洞口大开，一麻袋一麻袋的煤飞泻而下。四轮马车停在人行道上，一个个捆扎整齐的箱子从上面卸了下来，里面装的大概是一家瑞士人或意大利人全家的衣物，他们想在这里发大财，还是来此避难，又或者是要在冬天的布卢姆斯伯里①旅馆，寻找自己想要的物件。嗓音粗哑的小商贩用手推车推着花草在街上来回吆喝。有人扯着喉咙大喊，有人叫卖声唱腔十足。伦敦就像一个工厂，就像一架机器。我们只不过是织布的梭子，在这台机器上来回穿梭，希望能织出什么花样来。大英图书馆就是这家工厂的另一个车间。旋转门猛地一开，我就站在巨大的穹顶之下，就仿佛灵感一下子飘入大脑，名人大家让此处熠熠生辉。走到借阅台前，拿过一张卡片，打开一卷目录，接着……目录上的五个点，让我一时倍感惊愕、迷茫困惑、不知所措。你们知不知道，一年之中，能出几本和女性有关的书？你们知不知道，这些书中，有多少是来自男人的手笔？你们知不知道，说不定，你们是全世界最具争论的生物？我已备好纸笔，打算在这里读上一个上午，满心期待读完之后，可以从中得出些真知灼见来。但是，要做到这一点，我得有大象和蜘蛛的本事才行，因为大象活得长，蜘蛛眼睛多。另外，我还需要铁爪钢喙，才能刺穿这坚硬的外壳。卷帙浩繁、堆积如山，我怎样才能找见那埋藏至深的真理呢？我扪心自问，绝望之下开始上下打

---

① 布卢姆斯伯里（Bloomsbury），伦敦一区名，20世纪初曾为文化艺术中心。

量那长长的目录。仅仅这些书名就让我花很长时间做一番思量。性别从本质上说，或许完全可以吸引医生和生物学家。但令人吃惊又百思不得其解的是，性别，其实就是女人，竟然也吸引了那些天性随和的散文家、妙笔生花的小说家，那些获得文学硕士学位的年轻人，什么学位也没有的男人，他们本身不是女人，看不出有什么资格去评判女人。这些书里，有几本，乍一看便让人觉得轻浮、不正经。不过，也有很多书，态度严肃、颇有先见之明，品行端正而又语多劝勉。只是看看书名，便可想而知，不计其数的男教师和男牧师，登上讲台或是布道坛，引经据典，长篇大论，口若悬河、滔滔不绝，以至于给定的时间远远不足以让他们一展才华。这真是一个最为奇怪的现象，而且很显然——我查阅了字母 M（英文 Male 一词的首字母，指男性）那一栏下的内容——这一栏书的内容只和男性有关。女人并不写有关男人的书——这不禁让我心中略感宽慰，因为倘若要我先将所有男人写女人的书通读殆尽，再把所有女人写男人的书也看上一遍，那百年才开一次的龙舌兰大概都要开上两回，我才能动笔行文。所以，我随便挑了十来本书，然后将我的借阅卡放在一个钢丝托盘里，回到我的座位上等着。周围的人大概都是和我一样来寻求真理的吧。

我心中纳闷，一边思考为何产生如此大的差异，一边在一张纸上画起了车轮，这张纸可是花了英国纳税人的钱，不是让我信手涂鸦的。从这份图书目录上看，男人对女人的兴趣远大于女人对男人的，这倒是一个非常奇怪的事情，而我也浮想联翩，开始在脑海中设想，那些花时间在书中描写女人的男人到底过着什么样的生活。他们究竟是年事已高，还是青春年少，已婚还是未婚，有没有酒糟鼻子，有没有驼背——不管怎样，感到自己如此让人关注，只要关注他们的人不都是行动不便、老弱病残的话，他们仿佛就有点沾沾自喜——我就这样沉浸在自己的胡思乱想中，这时一大堆书直接倒在我面前的桌子上。现在麻烦来了。毫无疑问，牛桥大学的学生必定受过训练、会做研究，肯定有办法绕过弯路，带着问题直奔答案，就像羊儿直奔羊圈一样。就像我身边的这位，正埋头抄录一本科学手册，我敢肯定，每过十来分钟，他便能从中淘出些真知灼见来。他心满自得，嘴里还发出微弱的咕哝声，这无疑就是最好的证明了。不幸的是，倘若在大学里没有受过这种训练，那问题就远非羊儿归圈，而就像一群惊慌失措的羊儿，在猎犬的追逐下，一哄而散，四散逃窜。教授、校长、社会学家、牧师、小说家、散文家、记者，他们本身不是女人，看不出有什么资格可以对女人品头论足，却全都蜂拥而上，追着我问那个简单如一的问题——女人为何贫穷？——直到这一个问题变成五十个问题，直到这五十个问题跌入了湍急的河流，又不知被冲往何处。本子上的每一页，都有我潦潦草草写下的笔记。为了表明我当时的心境，我会把其中一些读给你们听，在这页纸上，用大写字母简单明了地写着这样的标题：女性与贫穷，但是，标题下面写着的却是这些：

中世纪女性的状况

斐济群岛女性的习俗

女性被尊崇为女神

女性的道德意识较男人更为薄弱

女性的理想主义

女性更为勤恳

南太平洋诸岛女性的青春时期

女性的诱人之处

女性作为祭品而献祭

女性的脑容量小

女性更为深层的潜意识

女性的体毛较少

女性在脑力、道德和体格上较男人更为低下

女性对孩子的爱

女性更长寿

女性的肌肉欠发达

女性的情感力量

女性的虚荣心

女性的高等教育

莎士比亚之女性观

伯肯赫德勋爵之女性观

英奇教长之女性观

拉布吕耶尔之女性观

约翰生博士之女性观

奥斯卡·布朗宁先生之女性观

……

读到这里，我喘了口气，然后在空白的地方又加上了一笔：为什么塞缪尔·巴特勒^①会说，"聪明的男人从来不说他们对女人的看法"？显而易见，聪明的男人什么也不说。不过，我一边思索，一边仰靠在椅子上，望着这巨大的穹顶，我思想单一，现在还有点犯困，真是很不凑巧，聪明的男人谈女人，观点大相径庭。蒲柏^②说：

女人大都没有个性。

拉布吕耶尔^③却说：

女人爱走极端，跟男人相比，不是更好，就是更坏。

他们两个，既是同一时代的人，又都目光敏锐，观点却截然不同。女性是否有资格接受教育？拿破仑认为她们没有。约翰生博士的看法正好相反^④。她们到底有没有灵魂？有些野蛮人说她们没有灵魂。另一些则正相反，还认为女人是半神半人，并因此对她们顶礼膜拜^⑤。有些圣贤认为她们头脑浅薄，另一些则认为她们思想深邃。

---

① 塞缪尔·巴特勒（Samuel Butler, 1835—1902），英国作家。
② 蒲柏（Alexander Pope, 1688—1744），英国诗人。
③ 拉布吕耶尔（La Bruyere, Jean de, 1645—1696），法国作家，代表作《品格论》。
④ "'男人知道自己不是女人的对手，因为他们选择女人中的最软弱者或者最无知者。如果他们不这么想的话，他们永远也不会害怕和他们一样知识渊博的女人。'为了对女性公平起见，我开诚布公，他说他会对他下面说的话负责。"——鲍斯维尔，《赫布里底群岛游记》——原注
⑤ "古日耳曼人认为女人身上有某种神圣之处，因此就像请神示一样去请教她们。"弗雷泽，《金枝》——原注

歌德称颂她们，墨索里尼却鄙视她们。但凡读到男人谈论女人，他们的论说都莫衷一是。我断定，想从中理出头绪是不可能的，此刻，我满怀妒忌地看了一眼隔壁的那个学生，他的笔记工整，按照ABC的顺序依次排开，而我自己的笔记本上，左一句右一句，潦草凌乱，记的全都是些相互矛盾的话。这真让人郁闷沮丧、心烦意乱，我顿时觉得脸上无光。真理已从我的指间溜走了，一点一滴都没有留下。

我想了想，我不能就这么回家，然后装模作样地加上一句，让"女性与小说"这个主题的内容更为丰富：女人与男人相比，体毛较少，或者南太平洋诸岛上，女性的青春期是从九岁开始——还是九十岁？——我的字迹越发潦草难辨，不堪卒读。忙了整整一个上午，却拿不出什么有分量、撑门面的东西，真觉得丢脸。何况，若是以前我就没能领会有关女性（为了简洁起见，我不得不用"女人"一词的首字母W来称呼）的真相，那今后还有什么必要再去为女性而操心？看来，再去向那些学有所长的老先生请教只不过是浪费时间，虽然他们人数众多，学识渊博，个个都是专门研究女性以及女性对任何方面的影响——比如政治、孩子、工资、道德等。我还不如不看他们的书。

不过，就在我沉思默想之时，百无聊赖之中，无意间画了一幅画，而我本来应该就像邻桌的读者一样得出自己的结论。我一直在画一张脸，一幅肖像。就是那位在忙着撰写他的不朽巨著《论女性心灵、道德及体能之低劣》的冯·X教授的脸。画中的他，对女人而言，简直可以说是丑陋不堪。他体型笨重，下颌硕大，面色发红，眼睛极小，面部表情一目了然。他在奋笔疾书，情绪激动，下笔犹如投枪，一笔一画落在纸上，犹如捕杀害虫，可是即使杀掉害虫，也未能让他如愿，他还要继续屠戮。即便如此，他还是心浮气躁、怒气冲冲。我看着自己的画，不禁想到是不是因为他的妻子？是不是她爱上了一位骑兵军官？是不是这位军官玉树临风、优雅潇洒，身穿一袭翻毛皮装？按照弗洛伊德的说法，是不是他在摇篮里就遭受到某个漂亮姑娘的嘲笑？因为，我想，恐怕在摇篮里，教授就长得不怎么讨人喜欢。不管怎么样，这位大谈特谈女人的心灵、道德和体能如何低劣的教授，我寥寥几笔就将他画得怒气冲冲、丑陋不堪。就这样画上几笔，算是无聊来打发时间，来为一上午的碌碌无为画上个句号。然而正是在我们的懒散之中、我们的美梦之中，真相却浮出水面。稍微用一下心理学的知识——根本不必拿精神分析的名号来抬高身价——看一下自己的笔记本，我就明白，这幅怒容满面的教授的素描是我在气头上画的。就在我胡思乱想之际，愤怒一把抓住我的画笔。可是我的愤怒从何而来？兴趣、困惑、消遣、厌倦——整个上午种种情绪纷至沓来，每一种我都可以道出原委。而愤怒像条黑蛇，是不是一直都潜伏其间？是的，这幅对教授的素描清楚地表明，我的愤怒的确潜伏在这诸多情绪之中。毫无疑问，就是那本书、就是那句话，激起了我心中的那个恶魔，就是那位教授的那句"女性心灵、道德和体能低劣"，气得我心怦怦乱跳，双颊滚烫，满面通红。尽管我这么生气是有点傻，但这倒也不足为奇。可谁也不愿意被别人说成天生就比某个小个子男人低上一筹——我看了一眼身旁的那个男学生——他喘着粗气，戴着一条打好结的领带，看上去两个星期都没刮过脸。人总有些愚蠢的虚荣心。那只不过是天性使然，我一边思索，一边绕着教授的那副怒容画起了车轮，到最后教授的那张脸看上去就像一片燃烧着的灌木丛，或者像一颗熊熊燃烧的彗星——不管怎样，都已不成人样，反正就像个妖怪。此刻，这位教授的尊容就像是汉普斯特公园上燃烧的火把。不一会儿我的愤怒就得以释怀、烟消云散，不过好奇还在。那些教授的愤怒该作何解释？他们是因何而怒？要知道，对这些书留给人的印象稍作分析，便能觉察到书中有一股激流涌动。这激流的表现形式纷繁多样，或讽刺，或伤感，或好奇，或斥责。而另有一种情绪也常常出现，只是不能一眼认出——那就是愤怒。不过，这愤怒是在暗中涌动，和其他情绪混杂在一起。从它那非同一般的影响来看，这是伪装遮掩、错综复杂的怒火，而不是简单、直白的愤怒。

我审视着桌子上那一大堆书，心里想，不管是什么原因，对我来说，这些书都毫无用处。尽管书中充满人情世故，诸多谆谆教诲，有趣和无聊兼而有之，甚至还谈到了斐济群岛居民的怪诞习俗，可从科学的角度来看，它们都毫无价值。这些书都是从感性角度而非理性角度来完成的。所以，必须把它们送回借阅台，再把它们一一放到那巨大的书架上，各归其位。忙忙碌碌一上午，我所能得到的，就是有关愤怒的事情。那些教授——我把他们归为一类——愤怒了。可是，为什么？我还了书，站在廊柱下，周围是成群的鸽子，还有史前的独木舟，我又开始问自己，为什么，我一再追问，他们因何而怒？就这样，我一边漫无目的地走着，想找个地方吃顿午饭，一边问自己这个问题，引起他们愤怒的东西，究其本质又是什么？这个问题一直在我脑海里盘桓，我在大英博物馆附近的一家小餐馆落了座，等着上菜。先前用餐的客人把晚报的午间版落在椅子上，那时菜还没有上，我漫不经心地浏览着报纸上的标题。一行大字标题有如缎带般横贯整张报纸：有人在南非大获成功。小一点的标题有：

奥斯汀·张伯伦^① 爵士在日内瓦；地下室惊现沾有毛发的屠刀；某某法官先生在离婚法庭上对女性的伤风败俗发表评论。还另有几条新闻零星地散布在报纸的各处：一位女影星从加利福尼亚的山巅落下，悬在半空；近日将是大雾天气。在我看来，即便是来到这个星球的一位匆匆过客，只要拿起这份报纸，都不会看不出英国是个男性政体的国家，哪怕只有这些星星点点小证据。任何人只要头脑健全，都不会感受不到那位教授的高高在上。他代表的是权力、金钱、影响力。他是报业的业主、主编、审稿人。他是外交部长、法官。他还是板球运动员，拥有赛马、游艇。他是大公司的董事，在他的公司，股东可以赚到百分之二百的利润。他把几百万英镑捐给自己管理的慈善机构和大学。他把女影星悬在半空。要由他来决定那屠刀上的毛发是不是人的毛发，由他宣布凶手有罪无罪，是该施以绞刑，还是当庭释放。一切都在他的掌控之中，当然除了那场雾。然而，他却发怒了。我知道，他之所以发怒，就是因为这个原因。当我读到他对女性的那些高谈阔论时，想到的并不是他的言辞，而是他本人。立论者若是心平气和、据理力争，自然只会专注于自己的观点，而读者也会专心致志，心无旁骛。若是他评论女性时心平气和，举的例子也无可争辩，让人看不出他希望结果是此非彼，我也不会因此而动怒。我会欣然承认事实，就像承认豌豆是绿的、金丝雀是黄的。若是这样，我也会说，的确如此。可是我生气了，是因为他生气了。我翻了翻晚报，想到一个大权在握的人竟会动怒，未免有些滑稽可笑。我纳闷了，还是说，怒气这东西，不知何故，就像幽灵

---

① 奥斯汀·张伯伦（Sir Austen Chamberlain, 1863—1937）资产阶级政治家，保守党人。1924—1928 年任英国外交部长。

一般，附上了权势，不离左右？譬如说，有钱人爱发火，是因为怀疑穷人会夺取他们的财产。那群教授，或者更准确一点来说，那群男权主义者如此怒气冲冲，除了那个原因，还有另一个表面上看起来并不那么明显的原因。或许他们压根就没有"动怒"。的确，他们常常称赞别人，为人古道热肠，在私生活中也堪称楷模。或许，在教授过分强调女人之低劣的时候，其实他感兴趣的并不是她们的低劣，而是自己的高人一等。那才是他涨红了脸、声嘶力竭来维护的东西，因为那是他视若珍宝的东西。生活，对于男男女女——我看到他们在大街上熙来攘往——同样充满了艰辛、苦难，还有无穷无尽的拼搏。这就要求我们拥有巨大的勇气、无比的力量。或许，既然我们如此耽于幻想，那生活便更要求我们对自己怀有信心。若是没有信心，我们就像摇篮中的婴儿。而这种极其珍贵、无法衡量的自信，又如何在最短的时间内产生呢？那就只能依赖于感到别人不如自己。只需想一想，和别人比一比，自己有一些与生俱来的优势——或是财富，或是地位，或是高鼻梁，或是罗姆尼[①]为祖父画的一幅肖像——好在人类的想象力无穷无尽，总有些小花样来满足自己的优越感。因此，这位须征服他人、统治他人的男权主义者，自觉生来就高人一等，觉得无数人，确切地说，是全人类中一半的人天生就逊于他，这种感觉是何等重要。这种感觉的确是他权力的一个主要来源。且让我用自己得出的这个结论来考察一下现实情况吧。来看看对于解释那些日常生活中鸡毛蒜皮的小事，那些曾让我们困惑不已的心理疑团，是否有所裨益？是否能解释 Z 先生（伍尔夫在

---

① 罗姆尼（George Romney，1734—1802），英国 18 世纪人像画家。

其一九二八年的日记中有所记述）所带给我的惊愕。有一天，这位温文尔雅的谦谦君子，拿起了丽贝卡·韦斯特①的某一本书，读了其中的一段，然后便大惊小怪："这个傲慢的女权主义者！她说男人是势利小人！"这一句怒吼，倒让我大吃一惊——因为，关于男人，韦斯特小姐的话除了不大好听，几乎句句属实，怎么她就成了一个傲慢的女权主义者？——这不仅是他的虚荣心受到伤害时发出的喊叫，更是他的自信心受到侵犯时发出的抗议。几百年来，女人的角色，就是一面魔镜，男人照上一照，就觉得自己的伟岸身材是原来的两倍，从而感到心满意足。倘若没有那种魔力，恐怕地球还是一片洪荒泥泞、草莽密林，我们所有的战争带来的荣耀就无人知晓。恐怕我们还在兽骨上刻画动物的形状，还在用火石换取羊皮或是不管什么样的简单装饰品都能迎合我们朴素的趣味。超人和命运之神从未存在过。俄国沙皇和恺撒大帝从未摘下皇冠或丢掉自己的权力。不管各大文明社会将魔镜用于何处，然而在一切暴力和英雄壮举的背后，魔镜的功劳都不可抹杀。这也就是为何拿破仑和墨索里尼两人都强调女人低劣，因为如果女人不低劣的话，他们就不能侵略扩张了。这在某种程度上，也解释了为何男人常常需要女人。也解释了他们若是受了女人的批评，心里就会烦躁不安。若是说，从男人嘴里说出来，这本书写得不好，那幅画缺乏力度，诸如此类的批评，都会让他们伤心愤怒，这要是让一个女人对他们指手画脚，说出类似的话来，又怎么可能不让他们更加痛苦、更加恼火呢？因为若是女人说出真相，那男人在魔镜中的形象就会萎缩，在社会上的地位

---

① 丽贝卡·韦斯特（Dame Rebecca West，1892—1983），英国作家、记者、文学评论家。

就会动摇。除非他在早餐晚饭之际，还能在魔镜中看到至少两倍于自己的伟岸身躯，否则的话，他又怎能继续宣布判决、教化民众、制定法律、编纂书籍，又怎能盛装打扮在宴会上高谈阔论？我就这么思索一番，一边捏碎面包，一边搅动咖啡，时而看看街上往来的行人。魔镜中的幻象至关重要，因为它刺激着神经系统，激发着生命力。若是把它拿走，就像瘾君子没了可卡因一样，男人只怕活不下去。我望着窗外，想着这来来往往的人中，有一半人都被这种幻象所迷惑，昂首阔步前去工作。他们一大早就在这明媚的阳光里穿上大衣，戴上帽子。他们便信心十足，精神振奋，相信自己在史密斯小姐的茶会上定会大受欢迎。他们踱步进屋，还不忘自言自语，我比这里一半的人都要高贵，因此说起话来，扬扬自得，这种厚颜无耻的自信对公共生活影响深远，而在个人思想的深处也才留下了奇特的痕迹。

不过，对于男性心理这个危险而又诱人的话题——这个话题，我希望，还是等到每年能拥有自己的五百英镑时，再去做一番调查吧——此时我的想法，却因必须付账而被打断。账单总共五先令九便士。我给了服务生一张十先令的钞票，于是他去找钱。我注意到，我钱包里还有一张十先令的钞票，这真让我激动不已——我的钱包会自动生出十先令的钞票来！我打开钱包，钞票就在那里。我只要付出那么几张钞票，就可以得到鸡肉和咖啡、床榻和住所。那些钞票是我姑姑留给我的，只是因为我们是同一家族，别无他因。

我一定要告诉你们，我的姑妈，玛丽·贝顿，在孟买郊外骑马时，跌落而死。我得知获赠遗产的那个晚上，与国会通过赋予女性选举权的法案大致是同一时间。一封律师函放进我的信箱，打开后我才知道，她留给我的，是从今往后每年五百英镑。选举权和钱相比，属于我的那笔钱，好像更为重要。在那之前，我靠着从报社讨来的一些零活谋生，报道一下这儿的驴戏大赛、那儿的婚礼。我还曾替人写信，为老太太读书诵报，扎些纸花，在幼儿园教小朋友识字，以此挣上几英镑。而这就是一九一八年以前向女性敞开大门的主要职业。恐怕没有必要对这些工作的辛苦之处作一一赘述，因为你们也许认识做这些工作的女人；也没有必要告诉你们赚钱糊口的艰辛，因为你们大概也曾尝过。可依然让我记忆犹新，比这两者更让我痛苦的，是那些日子在我心中产生的恐惧和辛酸。首先，是要做自己不愿意做的工作，还要像个奴才那样，阿谀奉承，虽说并非总是如此，但看上去又好像有这种必要，倘若冒险，赌注又似乎太大；其次，又想到那才华——须知才华之逝，如同魄散，虽然微不足道，但对拥有者来说，却弥足珍贵——渐渐毁灭，随之毁灭的还有我的肉体和灵魂——这就好像锈菌的侵蚀，落了春红、朽了树心。不过，我已经说过，我的姑妈死了，每兑现一张十先令的钞票，那锈斑和腐迹便被剥掉一层，痛苦与辛酸也随之消散。的确如此，我把那块银币小心地塞进钱包，想起那些辛酸的日子，这的确意义非凡，一笔固定的收入竟可以让人的脾气发生如此大的变化。世上没有任何一种力量能把我这五百英镑抢去。我将永远衣食无忧。如此一来，我无需日夜操劳，那愤恨与酸楚也一并消失得无影无踪。我不必怨恨任何人，谁也无法加害于我。我也不必讨好任何人，因为我不需要他给我什么。不知不觉之间，我发现自己对男性已经换了一种新的态度。任何一个阶层或是一种性别，笼统地从整体上加以责备，都是荒诞可笑的。从不为自己的所作所为负责任，这种人大有人在。

他们做事全凭本能，不计后果。那些家长老爷、教授先生，他们也有无穷无尽的烦恼、相当棘手的困难需要全力以赴。他们所受的教育，在某些方面，与我受的教育一样，都有缺陷。这让他们养成了大毛病。固然，他们有钱有势，付出的代价却是他们胸中住着一只鹰，一只兀鹫，这只鹰无时无刻不在撕扯着他们的五脏六腑——那就是占有、攫取，这欲望驱使他们去垂涎别人的土地财产，去开疆拓土、建造战舰、研发毒气，甚至牺牲掉自己和子女的性命。你若是见过海军部大楼的拱门（我去过那个纪念门），或者走过任何一条摆放战利品和大炮的林荫道，那就回想一下那里曾举行的庆祝活动所带来的辉煌；在春日的阳光里，关注一下股票经纪人和高级大律师，他们去赚钱，赚的钱越来越多，越来越多，而其实，一年五百英镑就足以让人在阳光下享受生活。我想，心里充满这种欲望的人想必令人生厌。优越的生活条件以及文明教化的缺失滋养了这种欲望。我看着坎布里奇公爵①的雕像时这么想，确切地说，是看着他那顶三角帽上插着的那几根羽毛时，以前大概从未有人像我这样死盯着它们看。鉴于我意识到这些欠缺，心中的恐惧与酸楚也渐渐转变为怜悯和宽容。然后再过上一两年，这怜悯与宽容也会化为乌有，取而代之的便是一切释然，万物本色尽收眼底。就比如说那座楼，我是喜欢还是厌恶？那幅画是美还是丑？那本书是好还是坏？其实，姑妈的遗产让我眼前豁然开朗，我所看到的，不再是弥尔顿要我去崇拜敬仰的那位身材高大、气度不凡的绅士，而是一方广阔的天空。

　　我就这样左思右想，踏上了河边那条回家的路。万家的灯火已

---

① 坎布里奇公爵（Duke of Cambridge）以英国剑桥市的名字命名，也称"剑桥公爵"。

渐渐点亮，夜幕下的伦敦与晨曦时分相比，已是另一番景象。它像一架巨大的织机，经过一天的运行，织出了几码长的缎面，美得令人惊艳——就像一个黄褐色的庞然大物，红彤彤的眼睛向外冒火，咆哮着喷出股股热浪。晚风拍打着房屋，吹得围栏咯咯作响，宛如一面旗子随风飞扬。

在我的那条小街上，家庭生活还是占主导地位的。油漆工从梯子上走下来；保姆小心翼翼地把婴儿车推进去，又给小孩准备茶点；煤炭装卸工把空麻袋一个一个摞起来，叠放整齐；戴红手套的菜店老板娘在一笔一笔核算今天的进账。而我在全神贯注地思考你们出的这个难题，以至于眼前这些家长里短，也找不出一个核心所在。我想，要说清楚这些工作，哪个高人一等，哪个急人所需，现在与一个世纪前相比，倒是越发困难了。是做煤炭装卸工好，还是做保姆好？一个拉扯大八个孩子的女佣对这个世界的价值，和一位赚上万英镑的高级律师相比，是否就真的不如？这样的问题，问而无益，因为没有人能够回答。不仅仅是女佣和律师的相对价值，一个时代和另一个时代相比，也会有涨有落，即便是现在，我们也没有一个标尺去衡量。要让那位教授提供这样或那样"无可争辩的证据"，来证明他对女性的论断，这实在是愚蠢。即使现在有人能说出某种才能的价值，那价值也会发生变化。一个世纪以后，那价值很可能就会完全改变。我站在自己家门口，心想，再过一百年，女性已不需要再被保护。可想而知，她们理应可以参加曾一度将她们拒之门外的一切活动。保姆可以当煤炭装卸工。老板娘可以去开火车。所有这些基于女性需受保护这一理由的臆断都将一去不复返——举例来说（这时一队士兵正走过这条街道），女性、教士、园丁比其他人更长寿。取消对她们的保护，让她们参加同样的工作，让她们参军入伍、下海出航、当火车司机、去码头干活，女人岂不会因此就折了寿，比男人死得更早？甚至人们会说，"今天我看见一个女人"，就像以前说"我看到了一架飞机"一样。一旦女人不再被保护，那么任何事情都可能发生，我这样想着，打开了房门。可这与我的主题——"女性与小说"有何相干？我一边想着，一边进了房间。

Chapter
03

·第三章·

　　直到傍晚时分，却连一句有分量的说法、一个确凿的结论都没能得出来，未免让人感到扫兴。女性之所以比男人贫穷，是因为——这个或那个原因。也许，现在最好还是不再寻求什么真相，不再轻信这些蜂拥而至的见解，管它是如岩浆般炽热，还是如洗碗水般寡淡。最好还是拉上窗帘，将惹人分心的杂事都拒之门外，点亮灯，缩小探究的范围，去请教一下历史学家，他们记录在案的是事实，而不是见解，看看他们是怎样描述女性生活的状况的，倒不必从古至今，只谈谈英国的某个时期，比如说，伊丽莎白时代。

　　这是因为，当时的男人，每两个人中似乎便有一个能写出韵文或者十四行诗来，但在那个绝无仅有的年代，却没有一个女人写过只言片语，来参与那非凡的文学盛事。何以如此，这让人百思不得其解。我便问自己，那时的女性生活状况又是如何？小说源于想象，绝不可能像石子一样从天而降，虽然科学可能是这样；小说就像一张蜘蛛网，即便只是轻轻相连，那网的四角也都和生活息息相关。通常这其间的相连人们难以察觉，比如莎士比亚的剧作，似乎单凭一己之力，不依赖他物，悬浮于半空之中。但一旦把蛛网拉弯，把边角钩住，把中间扯破，人们才会明白，这网并不是由什么无形的精灵在空中织成，依然是由受苦受难的人类所创作，它总是和现实生活密切相关，譬如健康、金钱还有我们居住的房屋。

于是，我便走到放历史书的书架前，取下一本最新的著作：特里威廉[①] 教授所著的《英格兰史》。我又在索引中查找"女性"一词，找到了"其地位"一栏，翻到它所指的那几页。"男人打老婆，"我读道，"天经地义，不论高低贵贱，全无分别，大家都打老婆，并不觉得羞耻。"这位历史学家继续写道，"女儿拒不嫁给父母选择的夫婿，便有可能被关起来，饱受拳脚，而公众舆论对此却无动于衷。婚姻与个人感情无关，只是家庭贪心聚财的手段，这在'骑士风度'盛行的上流社会尤其如此……往往一方或者双方还在摇篮里，婚约便已订好，尚未脱离保姆的照顾，便迈入婚姻的殿堂。"那是一四七〇年前后，乔叟时代刚结束不久。再次提到女性的地位大约是二百年之后，斯图亚特王朝时期。"女人为自己选择丈夫，即便在贵族阶级和中产阶级中，也是极为罕见，若是许配给某位先生，那他便是一家之主，起码法律和习俗承认他这个地位。然而即便如此，"特里威廉教授总结道，"不管是莎士比亚笔下的女性，还是十七世纪回忆录中较为可信的女性，譬如弗尼夫妇和哈钦森夫妇回忆录中的女性，似乎并不缺乏个性和特点。"当然了，我们可以设想，克莉奥佩特拉必有其天赋；麦克白夫人，我们定会推测，亦有自己的意志；罗莎琳德，我们可以断定，是位迷人的姑娘。特里威廉教授说莎士比亚笔

---

① 特里威廉（George Macaulay Trevelyan，1876—1962），英国历史学家。

下的女性似乎并不缺乏个性和特点，这倒是说出了实情。我们不是历史学家，也就甚至可以进而说，有史以来，一切诗人的一切作品中，女性无不灿若光华——剧作家的笔下，有克吕泰涅斯特拉、安提戈涅、克莉奥佩特拉、麦克白夫人、菲德拉、克瑞西达、罗莎琳德、苔丝狄蒙娜、马尔菲公爵夫人；还有在散文、小说作家的笔下：米勒芒特、克拉丽莎、贝基·夏普、安娜·卡列尼娜、爱玛·包法利、盖尔芒特夫人——这些名字纷至沓来，一时涌上了心头，她们绝不会让人觉得女性缺乏“个性和特点”。确实，倘若女性只存在于男人所作的小说中，人们肯定会认为女性举足轻重，千姿百态，有勇敢高尚的，有卑鄙无耻的，有光彩照人的，有肮脏污秽的，有美艳绝伦的，有丑陋不堪的，像男人一样伟大，还有人认为甚至比男人还要伟大。① 但这是小说中虚构的女性，事实上如同特里威廉教授指出的一般，女性被关进屋里，饱受拳脚。

这样一来，一个非常奇怪、杂糅而成的人物便诞生了。在想象

---

① 在雅典市，有一个奇怪的、无法解释的现象——女性在近乎于一种东方式的压制下，做奴婢或做苦工，然而在戏剧舞台上却创作出这样的人物，比如克吕泰涅斯特拉、卡珊德拉、阿托沙、安提戈涅、菲德拉、美狄亚以及欧里庇得斯一部部戏剧的其他女主人公。在那个世界里，现实生活中女性几乎不能单独在街上抛头露面，可是在舞台上却男女平等，或者女人更胜男人一筹，这种自相矛盾却从未得到合理的解释。在现代悲剧中，也存在同样的问题。对莎士比亚的作品（韦伯斯特的作品与此相类似，马洛和琼斯的作品却不同）作一个简要的分析，可以得出，从罗莎琳德到麦克白夫人，女性的主导地位是怎样演变的。拉辛也是如此，在他的悲剧中，有六部作品是以女主人公的名字命名的，他笔下的男主人公，谁又能和赫尔迈厄尼、安德罗玛克、贝雷尼斯、罗克珊、菲德拉、阿丽达相匹敌？易卜生也是如此，有什么男人能与索尔维格、娜拉、赫达、希尔德·旺格尔、丽贝卡·韦斯特相媲美？——F·L·卢思卡，《论悲剧》，114—115 页。——原注

中，她无比尊贵，而实际上，她无足轻重。翻开诗卷，她随处可见，查阅历史，她无迹可寻。在虚构作品中，她主宰着帝王和胜利者的生活，而事实上，只要哪个男孩的父母把戒指硬戴在她手上，她就听命于那个男孩，成了他的奴隶。文学作品中，她时常有感而发，唇间道出富有灵感、极为深刻的思想，而在实际生活里，她却大字不识几个，几乎不会拼写，只是她丈夫的私有财产而已。

先读历史，再读诗作，我们就会看到一个构想出来的女人，一个怪物——长着鹰翅的蠕虫，却在厨房里剁猪油。这些怪物，不管在想象中多么有趣，事实上并不存在。若要让她变得活灵活现，我们就必须同时既要充满诗意，又要平淡无奇，这样才能与事实保持一致——马丁太太，三十六岁，穿蓝衣，戴黑帽，脚蹬一双棕色鞋；不过，也不能忘了虚构一下——在她身上，各种各样的精神和力量运行不息，闪烁不止。然而，一旦将这种方法用于伊丽莎白时代的女性身上，那种闪亮的光芒便瞬间熄灭。对于她——伊丽莎白时代的女性，我无从了解，历史鲜少提及。因为缺少事实依据，人们只能望而却步。于是我再次求助于特里威廉教授，看看历史对她来说意味着什么。浏览过诸章标题后，我发现，所谓历史就是——"庄园宅第与农田耕种方法……西多会修士与牧羊业……十字军东征……大学……下议院……百年战争……玫瑰战争……文艺复兴时期的学者……修道院的瓦解……攫取土地以及宗教冲突……英国海上势力的发端……西班牙无敌舰队……"诸如此类。偶尔会提及某位女性，某位叫伊丽莎白的女人，或是某位叫玛丽的女人，某位女王或是某位贵妇。可是，一位除了头脑和品德之外一无所有的中产阶级女性，是绝不可能参与任何伟大的运动的，而正是这些运动，才构成了历史学家对往昔的看法。即便是那些趣闻轶事，也和她们毫不相干。奥布里难得提及她。她对自己的生平只字不提，几乎不写日记，现存的只有她的几封书信。她不曾留下任何剧作或者诗歌，我们可以据此对她做出评价。我想，人们所需要的是大量的信息：她是多大年龄结的婚？有几个孩子？她的住宅是什么样子？她有自己的房间吗？她下厨吗？她有没有佣人？——在纽汉姆学院或者格顿学院，为什么就没有一个才华横溢的学生可以提供这些资料？所有的这些事实不知沉睡于何处，大概，是在教区的记事录或者账簿里。伊丽莎白时代普通女性的生活一定是散落在某些地方，是否有人把它们收集起来，编纂成册？我一边在书架上寻找那些架上没有的书，一边想，向那些知名学府的学生们建议他们应该重写历史，恐怕这是一种奢望，我也没这个胆量，尽管我认为，历史看上去，总有点古怪，不真实、失之偏颇，不过他们为什么不能为历史添一个补遗？当然，这部分的名字不能太扎眼，这样女性的出场，尚不失礼数。要知道，在大人物的生活中，她们也偶尔匆匆出现，但很快消失，有时我想，她们隐藏起来的，可能是一个眼神，一阵笑声，或许是，一滴泪水。毕竟，我们已经足够了解简·奥斯汀的生平，乔安娜·贝利生活的不幸对埃德加·爱伦·坡诗歌的影响，也似乎没有必要作过多考虑。就我自己而言，就算玛丽·拉塞尔·米特福德的宅院以及她经常光顾之处向公众关闭长达百年以上，我也并不在意。然而，我再次仰望书架，发现关于十八世纪之前的女性，一切都不得而知，我也只能独自哀叹。在我的脑海里，找不到一个可供我细细考量的对象。现在我不禁要问，为什么伊丽莎白时代的女性不写诗，我也不知道她们受过怎样的教育，识不识字，有没有自己的起居室，有多少女性在二十一岁前就已生儿育女，简而言之，一天之内，从早八点到晚八点她们究竟做了些什么。很明显，她们身无分文，按照特里威廉教授的说法，不管她们愿不愿意，有没有成年，很可能也就十五六岁，她们就已经出嫁了。就凭这一点，我敢断定，要是她们当中突然有人能写出莎士比亚的剧作，那就成了天大的怪事。我想到一位老先生，现在已经过世，曾是一位主教，他宣称，不管过去、现在，还是将来，都不可能有一个女人，能像莎士比亚那般才华横溢。他还为报纸撰文阐发此见。他还跟一位向他咨询的夫人说，其实，猫是上不了天堂的，虽然，他补充道，猫也有类似灵魂的东西。为了拯救我们，这些老先生花了多少心思！他们每进一步，无知的边界便向后退缩！猫进不了天堂。女人写不出莎士比亚的剧作。

诚然如此，我看着书架上莎士比亚的著作，不得不承认，那位主教起码在这一点上是对的。也就是说，在莎士比亚时代，没有任何一个女人能写出像莎士比亚那样的戏剧，绝对写不出。既然事实难求，不妨让我设想一下，假如莎士比亚有一个天资聪颖的妹妹，比方说，朱迪思，那又会发生什么事情呢？莎士比亚本人很可能上过文法学校——须知他母亲继承了一笔钱，他学过拉丁文——读过奥维德、维吉尔还有贺拉斯的作品——并学了基本的文法和逻辑。众所周知，他是个桀骜不驯的孩子，偷猎野兔，还打过鹿，年纪轻轻就娶了邻家的女子，婚后还不到十个月，便生了一个孩子。这些越轨行为最终导致他跑去伦敦自谋生路。他似乎对戏剧情有独钟，先是在剧院门口给人牵马，不久就加入了剧团，成了当红演员，从此长住世界的中心，交游甚广，无人不识，在舞台上实践他的艺术，在街上磨炼他的才智，甚至可以出入女王的宫殿。而同时，我们可以设想，他那位天资聪颖的妹妹却留在家里。她和莎士比亚一样，喜欢冒险，富于想象，也渴望了解外面的世界。可是不让她上学，她就没有机会学习文法和逻辑，更不用说阅读贺拉斯和维吉尔的作品。她有时会拿起一本书读上几页，那也许是她哥哥的书。可这时，父母进来了，吩咐她去补袜子，或者是去照看一下炉火上的炖肉，不要在书本上浪费时间。他们说话时语气严肃，但又和蔼慈祥，因为他们家境殷实，知道女人的生活状况，也疼爱自己的女儿——确实，极有可能她是父亲的掌上明珠。说不定，在存放苹果的阁楼上，她也曾偷偷写过几页，不过，要么是小心地把它藏好，要么是把它烧掉。可惜的是，她还不过十来岁，不久，便被许配给街坊里一位羊毛商的儿子。她又哭又闹，说自己不想结婚，为此却被父亲狠狠地打了一顿。后来，父亲不再责骂她，而是求女儿不要惹他伤心，不要在婚姻大事上让他丢脸。他说会给女儿一串珠链，或者一条漂亮的衬裙。说这话时，父亲双眼含着泪水。这让做女儿的怎么能不听从？她又怎能让父亲伤心？但是天赋的力量驱使她违抗父命。她把自己的物品打成一个小包，在一个夏夜沿着绳子爬下楼，取道去了伦敦。她还不到十七岁。树篱中的鸟儿也不如她的歌声悦耳。对于词汇的音韵，她具备和哥哥一样的天赋，拥有着最敏锐的想象力。和哥哥一样，她也钟情于戏剧。她站在剧院门口，说自己想演戏。男人们当面嘲笑她。剧院经理——一个多嘴的胖男人——狂笑起来，大吼大叫地说了一通什么狗儿跳舞和女人演戏——女人会演什么戏，他说。他还暗示——你们一定能想象到他暗示什么。她没有地方来训练自己的才艺。难道她能去酒店就餐，还是半夜在街头徘徊？不过，她的才华适合用来写小说，渴望能从男男女女的生活中以及对他们癖性的研究中汲取丰富的养分。最后——要知道她非常年轻，长得和诗人莎士比亚十分相似，有着同样的灰色眼睛，弯弯的眉毛——最后，演员经理尼克·格林对她动了恻隐之心，她发现自己怀了那位先生的孩子，因此——当诗人的心被女人的身体所困，又有谁知道她心中的炽热和狂暴？——在一个冬夜，她结束了自己的生命，葬身于某个十字路口。如今，那里成了大象城堡酒店，外面停靠着往来的公共汽车。

在我看来，倘若在莎士比亚时代，有一位女人的才华能与其比肩，那么她的人生故事大致就会是这样的。不过就我而言，我还是赞同那位已故的主教，倘若他的确做过主教——也就是说，莎士比亚时代的女人，若是有莎士比亚一般的才华，那绝对是令人难以置信的。因为如此才华是不可能在日夜操劳、大字不识、奴颜婢膝的一群人当中诞生出来的。在英格兰，不可能诞生在撒克逊人和不列颠人当中，在今天也不可能诞生在工人阶级当中。那么，按照特里威廉教授所说，她们尚且年幼，便被父母逼着做工，而法律和习俗的各种力量又把她们束缚在这种工作中，不得脱身。但女性中必定也有某种天才，正如工人阶级中也一定存在某种天才一样。偶尔会有一位艾米莉·勃朗特或是一位罗伯特·彭斯一时间闪耀夺目，证明了天才的存在。但这种天才想必不曾载于史册。但是，每当读到某个女巫被推入水中，某个女人被魔鬼附体，或者一个卖草药的巫婆，或者甚至某位声名显赫的男人的母亲，我就想到，沿着这些蛛丝马迹一直寻找下去，就会找到一位被埋没的小说家，一位被压制的诗人，某位默默无闻、鲜为人知的简·奥斯汀，某位艾米莉·勃朗特在荒野上被撞得头破血流，或是在路旁愁眉苦脸，因为天赋的折磨使她发狂。确实，我甚至要冒昧猜测，那位写下很多篇诗歌，却又不曾署名的"无名氏"，多半是女人。我想，爱德华·菲茨杰拉德暗示，创造了这么多民谣和民歌的，是一位女人，她为自己的孩子低吟浅唱，来打发纺线的时光，消磨这漫长冬夜。

这也许是真的，也许是假的——谁知道呢？——但是回顾一下我所杜撰的那个莎士比亚妹妹的故事，我觉得，这其中的真相就是，生于十六世纪的任何一位才女，注定会发疯，自杀身亡，或者在某个远离村庄的荒舍里了此残生，半是女巫，半是术士，被人取笑，却又让人惧怕。要知道，一位天资聪颖的女子，一旦将其才华用于诗歌创作，一定会遭到其他人的百般阻挠，她本能的抗拒定会让她大受折磨、心力交瘁，不用太多心理学的技巧也能确定，她的身心定会大受其害。没有哪个女人能够走到伦敦，站在剧院门口，径直冲到演员经理面前，而不曾受到侮辱、遭受痛苦，这毫无道理可言——因为贞洁，可能只是某些社会出于未知的原因所创造出来的崇拜之物——但又不可避免。贞洁，在当时，乃至现在，在女性的生活中，仍具有重要的宗教意义，牵扯到每个人的神经，若要剥去这重重束缚，将之暴露于光天化日之下，这得需要多大的勇气？对于一位女诗人、女剧作家来说，在十六世纪的伦敦，过着无拘无束的生活，也就意味着她定会精神紧张，进退两难，而那种处境完全可以将她逼上绝路。纵使她绝处逢生，她所写的东西也已扭曲变形，因为激发这些文字的想象力早已枯竭，所写的东西也变得牵强附会。我看了看书架，没有一部戏剧是女性所作，我想，毫无疑问，她是不会在剧作上署名的。她一定会以匿名来保护自己。贞洁观的遗威让女性一直到十九世纪仍然隐姓埋名。柯勒·贝尔、乔治·艾略特、乔治·桑，无一例外，她们的作品都证明了她们是自己内心冲突的受害者。她们用男人的名字来做掩护，却徒劳无功，这样做也只是向传统低头。而传统，纵使不是男人创立的，也是他们大加鼓励的。传统认为，女性抛头露面，令人厌恶，为人所不齿。（伯里克利曾说过，一个女人最大的荣耀，莫过于不让人议论纷纷，虽然他自己经常被人评论。）基于这样一种传统观念，缄默在女人的血液中流淌，遮遮掩掩的念头仍控制着她们。时至今日，她们并不像男人那样关心自己名誉的好坏，一般而言，女人经过墓碑或者路牌，也没有那种想把自己的名字镌刻其上的迫切欲望。换作阿尔夫、伯特或者查斯，他们必定会遵从本能行事，若是看到漂亮女人，哪怕是条狗，也会喃喃自语，说这狗是我的。当然，也可能并不是一条狗，我想起了议会广场、胜利大道还有别的林荫大道；它可能是一块土地，或者一个黑色卷发的男人。身为女人的一大优势就是，就算看到一个极其漂亮的黑人女子，也可以径直走过，无须心生邪念，想把她改造成一个英国女人。

因而，那个出生于十六世纪却具有诗歌天赋的女人，必定是一个不幸的女人，一个违背自己心愿的女人。不管她腹中有千万才能，须有合适的心境，才能得以释放，可身边的种种条件，心底的种种本能，全都与之作对。不过我要问的是，究竟是何等心境，才最适宜创作？怎样才能促成这样心境，使之有利于创作？此刻，我打开一卷书，那是莎士比亚的悲剧。当他创作《李尔王》和《安东尼与克莉奥佩特拉》时，处于何种心境？那自然是古往今来最适宜诗歌创作的心境了。不过莎士比亚本人对此只字未提。我们只是无意中偶然得知他"从未涂改过一行字"。或许，十八世纪前，确实没有哪位艺术家对自己的创作心境提过只言片语。也许是卢梭开了先河。不管怎样，到了十九世纪，自我意识有了长足的发展，文人墨客大都喜欢在忏悔录或者自传里谈谈他们自己的创作心境。在死后，也有人为他们著书立传，他们的信件也有人出版发行。所以说，虽然我们不知道莎士比亚在创作《李尔王》时心境如何，我们却知道卡莱尔在写《法国大革命》时经历了什么事情，也知道福楼拜在撰写《包法利夫人》时所处的境况，还有济慈试图以诗歌来抗议死之将至和世态炎凉时的经历。

从现代文学卷帙浩繁的忏悔录和自我分析中，人们可以推断，任何一部天才作品的诞生都要历尽千辛万苦。现实生活中各种各样的事情都影响作家将心中的作品完完整整写出。物质环境一无是处，狗儿吠叫，人们打扰，还必须去挣钱，身体就要累垮。此外，还有那世间令人厌恶的冷漠，让这一切更为艰辛，让人格外难以忍受。这世界并不需要人们写诗歌、小说、历史，这世界并不需要这些。福楼拜是否找到恰当的字眼，卡莱尔是否谨慎地查证了这个或那个事实，这世界均不感兴趣。自然，它不会为它所不需要的东西付一分钱。所以，那些作家，济慈、福楼拜、卡莱尔，没有一个不为生活所困，他们精力分散，心情沮丧，尤其是当他们年轻、创作力最旺盛的时候。从这些自我分析和忏悔录中传出的，是一种诅咒，一种极度痛苦的哀号。"伟大的诗人在不幸中死去"——这是他们传唱的主题。如果经受了这一切还有某些作品幸存下来，那便是奇迹，而且大概没有任何一本书在其诞生之际与当初的构思完全一致、毫无残缺。

但是看着眼前这空空的书架，我想到，对女性而言，这重重的困难必定更加让人畏惧。首先，她要有一间自己的房间，即便是十九世纪初，这也绝无可能，更不要说一间安静、隔音的房间了，除非她的父母格外富有，或者身份尊贵。她的零花钱完全依赖父亲的仁慈，就算有些，也只够自己穿衣，她甚至不能像济慈、丁尼生或者卡莱尔那些贫苦的男人那样，找些慰藉，譬如徒步旅行，到法国去转一转，找一间旅馆住下，哪怕条件再寒碜，也可以让她免受家庭的强求与专横之苦。这些看得见的困难是可怕的，但更为可怕的，却是那些看不见的。世人的冷漠，让济慈、福楼拜和其他才子难以忍受，轮到女人时，那就不是冷漠而是敌意了。世人对她说的话，并不像对那些才子一样，要写便写，和我无关，而是，他们哄笑道：写作？你写这些东西有什么用？我看着依然空空如也的书架，心想，纽汉姆学院和格顿学院的心理学家在这里或许可以帮上忙。因为，要想知道挫折对艺术家的心灵影响如何，现在正是把他们派上用场的时候。我曾见过一家乳制品公司如何衡量普通牛奶与优质牛奶对老鼠身体所产生的影响。他们把两只老鼠关进不同的笼子，并排放在一起，其中一只老鼠鬼鬼祟祟，胆小且体弱，另一只则毛色鲜亮，胆大且肥硕。那么，我们又给女艺术家提供什么样的食物？是那顿西梅子和蛋奶糕的晚宴让我想起了这个问题。要想回答这个问题，只需打开晚报，读一下伯肯黑德爵士的高见——不过，我确实不想费力气去引述伯肯黑德爵士对女性写作的见解。英奇教长说的话，我也不想再提。哈利大街上的专家发出的聒噪所激起的回声，对我没有丝毫影响，我依然心平气和，不为所动。然而，我想引述一下奥斯卡·勃朗宁先生的话，因为勃朗宁先生曾是剑桥的一位大人物，过去常常给格顿学院和纽汉姆学院的学生考试。奥斯卡·勃朗宁先生常宣称"看过任何一组试卷，都会让我认为，不管打的分数高低，在智力上，最优秀的女人都比最差的男人逊色得多"。说完这句话，勃朗宁先生便转身回房——而正是这随后而来的事情，使他受人爱戴，成了高大威严、通情达理的人物——他回到自己的房间，发现一个小马倌躺在沙发上——"瘦得只剩一把骨头，双颊凹陷，脸色蜡黄，牙齿漆黑，四肢瘫软无力……'那是阿瑟，'（勃朗宁先生说道）'他是一个志向高远、极其可爱的孩子。'"在我看来，这样两幅画面正好相辅相成。而如今，在这个传记盛行的年代，让人欣慰的是，这两幅画面的确是完完整整地契合在了一起。因此，对大人物的高见，我们听其言观其行，才能理解得更为准确透彻。

　　尽管现在可以这么做，但是五十年前，若是从大人物口中说出这样的见解，一定会让人感到非常敬畏。不妨设想一下，一位父亲，出于好心，不愿让女儿离家去做什么作家、画家或者是学者。他准会说："听听奥斯卡·勃朗宁先生是怎么说的。"而且，远不止勃朗宁先生，还有《星期六评论》，还有格雷格先生——"女性存在的本质，"格雷格先生斩钉截铁地说，"就在于她们为男人所供养，又为男人所支配。"——大男子主义的观点举不胜举，大体上都是说，不可对女人的智力抱有任何希望。尽管那位姑娘的父亲并没有大肆说教，她自己也可以读到这些观点。就算在二十世纪的今天读到这样的观点，也会让人觉得心灰意冷，这一定会让她大伤元气，作品也跟着大打折扣。总会有人斩钉截铁地跟你说——你不能做这个，你不能做那个——我们就应该提出抗议，摆脱这种不良影响。也许对小说家来说，这种偏见已经不再具有太大的威力，因为，已经有一些杰出的女性小说家。但画家，一定还深受其困扰。而我想，音乐家，哪怕是到现在，一定还深受其毒害。女作曲家现在的地位，就和莎士比亚时代的女演员地位相差无几。这时我想起了自己编造的那个莎士比亚妹妹的故事，尼克·格林说过，女人演戏让他想到狗儿跳舞。两百年以后，关于女性布道，约翰生又说了同样的话。此时，翻开一本有关音乐的书，我可以说，就在公元一九二八年，针对试图作曲的女性，这些字眼又再次出现。"关于热尔梅娜·塔勒费尔小姐，我只能重复约翰生博士对一位女传道士所说的至理名言，不过要把女传道士换成音乐。'先生，女人作曲，就像狗用后腿走路一样。曲子自然不好，但，让人吃惊的是她竟然会去作曲。'"[1] 历史的重现，竟是这般惊人的相似。

因此，合上奥斯卡·勃朗宁先生的传记，也撇开其他人不谈，我敢断言，很明显，即使在十九世纪，人们也不鼓励女人成为艺术家。相反，女人受到冷落、非难、训斥、规劝。由于既要抵制这个，又要反对那个，她势必思想紧张、心力枯竭。这里，我们再次回到那种非常有趣却又不引人注意的男性情结，它对女性运动产生巨大影响。那是一种根深蒂固的欲望，即，与其说要让她低人一等，毋宁说想让他高人一筹，那种欲望使他无处不在，他不仅挡在艺术的面前，而且还封锁了通往政治的道路，他本人所冒的风险微乎其微，而被拦路者不得不谦卑、虔诚地去乞求。我想起，甚至是贝斯伯勒夫人，尽管她对政治满腔热情，却也不得不低头折腰，写信给格兰

---

[1] 塞西尔·格雷，《当代音乐概论》，246 页。——原注

维尔·莱韦森·高尔爵士："……尽管我对政治极其狂热，也就这个话题谈了很多，但我完全同意你的话，认为女人无权介入政治或者其他严肃的事情，最多只能谈谈自己的意见（如果有人问的话）。"接着，她就在那极其重要的话题——格兰维尔爵士在下议院的首次演说——继续消耗她的一腔热情，这样就不会遇到什么阻碍了。在我看来，这无疑是个奇怪的现象。男人反对女性解放的历史，也许比女性解放的历史本身更为有趣。如果格顿学院或纽汉姆学院的某位学生来搜集范例，推导出什么理论，那就有可能出一本十分有趣的书——不过，她可要全副武装，还要有坚如磐石的意志，因为只有这样才能有效地保护自己。

不过，合上贝斯伯勒夫人的书之后，我又想到，现在看来可笑的事情，曾经却需要极为认真地对待。我敢说，如今被看作乱七八糟、无足轻重的闲书，只有那么几个人用来打发无聊的夏夜时光，也一度让人热泪盈眶。你们的祖母以及曾祖母辈的人中，为这些书潜然泪下、失声痛哭的不在少数。弗洛伦斯·南丁格尔也曾痛苦得放声大哭[①]。何况，对你们来说，一切尚好，可以上大学，有了自己的起居室——或许，只不过是卧室兼起居室？——你们也许会这么说，天才大可对这些意见不屑一顾，天才应当超然于他人的议论。不幸的是，正是这些天才男女才最在意人们对他们的评论。想想济慈，想想他为自己刻下的墓志铭。再想想丁尼生，想想——不过，我没有必要再举一些毋庸置疑的事实，虽然，这些事情确实让人感到惋惜，但过分在意自己的名声正是艺术家的天性。而文学中经常

[①] 见弗洛伦斯·南丁格尔的《卡珊德拉》，转自 R·斯特雷奇的《事业》。——原注

见到过分在意别人的看法而前功尽弃的倒霉蛋。

这就回到了我最初的问题，即何种心境有利于创作。我认为，这种敏感使他们的不幸翻倍，因为若要把心中的作品完整顺利地写出，需要作出巨大的努力，为此艺术家就必须有同莎士比亚一样的炽热澄明的心境。看着那本摊开的《安东尼与克莉奥佩特拉》，我想，就是那种心境，无有杂念，无所牵挂。

尽管我们对莎士比亚的心境一无所知，但即使我们这么说，我们却也道出了某些莎士比亚的心境之事。我们之所以对莎士比亚知之甚少——这与多恩、本·琼森，又或是弥尔顿相比而言——是因为，他所有的怨恨、愤怒、憎恶都隐藏不见。他也没有什么"秘闻"能供我们联想。抗议、劝诫、诉冤、报复，世人见证的都是作品中的艰辛与不公，但在他身上却都丝毫显现不出。所以，他的诗歌就自由奔放，无拘无束。如果有人将自己的作品表达得如此淋漓尽致，那就是莎士比亚。我再次转向书架，心想，如果有人能有如此炽热澄明的心境，那就是莎士比亚。

Chapter
04

·第四章·

人们发现，在十六世纪，显然不可能有一位心境如此的女人。只需想一想伊丽莎白时代雕刻在墓碑上的那些孩子，他们双手紧握跪在地上。想一想他们的夭折，看一看他们家中那阴暗狭窄的房子，便会意识到，当时女性怎么可能写得出诗歌呢？人们所期望的，只能是在近代，兴许有位了不起的女士，利用自己相对自由而舒适的环境，冒着被视为怪物的风险，写下诗篇，出版发行，并署上自己的名字。当然，男人并非势利之徒，我继续思忖，并且还得小心谨慎，以免成为和丽贝卡·韦斯特一样的"十足的女权主义者"。对于某位伯爵夫人在诗歌上的努力，他们多半是带着同情而表示欣赏。可想而知，一位有头有脸的贵妇人得到的鼓励与赞扬，要比当时某位默默无闻的奥斯汀小姐或是勃朗特小姐多得多。同样可想而知，她的心境想必受到一些情感干扰，它们与创作格格不入，譬如恐惧和愤恨，在她的诗歌中，这些干扰也都多多少少留下些痕迹。比如说温奇尔斯夫人，我要拿她来举例，于是便取下她的诗集。她生于一六六一年；贵族出身，嫁的也是名门望族；无子女。但一翻开她的诗卷，便可以发现她为女性的地位而义愤填膺：

　　　　我们如此沉沦！因荒谬的规则而沉沦，
　　　　我们并非天生愚昧，教化却将我们愚弄；
　　　　思想的发展被禁锢，却如人所愿，
　　　　变得迟钝，没了活力，按部就班；

　　　　若有人凭借热切的幻想，让壮志凌云，
　　　　竟而脱颖而出，出人头地，
　　　　纵有成功的希望，终不敌那恐惧的力量，
　　　　反对势力仍然强大无比。

　　很显然，她的心境绝非是"胸无杂念，无牵无挂，炽热澄明"。相反，她的心灵因怨恨和委屈而烦闷忧愁、精力分散。在她看来，人类分成两派，男人皆是"反对势力"。她仇视男人，又畏惧男人，因为他们大权在握，阻止她做自己想做的事情——那就是写作。

　　　　唉！那试笔的女人，
　　　　人们只当她狂妄放肆
　　　　纵有美德，这等过失也无从救赎。
　　　　我们不知身份，有失礼仪；
　　　　良好的教养、时装、舞蹈、化妆和游戏，
　　　　才是我们理想的关注；
　　　　写作、阅读、思考，或是探究，

会掩盖了我们的美貌，耗费我们的光阴，

让男人对征服我们望而却步。

而乏味地去管理整个府邸的下人，

却被认为是我们最大的用处、最高的艺术。

而实际上，她不得不假定自己所写的东西永远不会出版，这才能鼓足勇气继续创作。她须用这哀伤的旋律来抚慰自己：

向几位朋友，向你的忧伤歌唱吧，

月桂树从来不会为你而成林；

心甘情愿地待在你的树荫下吧，不管那里多么黝黯

无光。

显然，假如她能放下心中的愤恨和恐惧，不再平添悲痛和不满，那么她心中的诗火还是那么炽热澄明。她的字里行间就会流淌出纯粹的诗意：

那褪色的丝线又怎能

编织出玫瑰的华丽。

——这些诗句得到默里先生公正的赞许，据说，蒲柏记下它们并在自己的作品中引用：

现在，水仙战胜了衰弱的头脑；

我们在那芬芳下沉沉昏迷。

　　能写出这样的诗句，如此倾心于自然、静心于内省的女人，居然被逼得去书写愤怒和悲痛，这实在太令人遗憾了。一想到那些鄙夷和嘲笑、谄媚者的逢迎、专业诗人的质疑，我不禁自问，她又怎能不如此呢？她想必是把自己关在乡下的一间屋子里写作，被悲痛和顾虑折磨得心神不宁，尽管她丈夫对她体贴入微，婚后生活也尽善尽美。我之所以说"想必"，是因为若是有人想了解温奇尔斯夫人的生活，照例会发现，我们对她几乎也是一无所知。她饱受忧郁之苦，这一点我们至少从某种程度上可以解释，因为忧郁时她会写出下述诗句：

　　　　我的诗行被人诋毁，我的创作被人揣测；
　　　　这是愚蠢的徒劳，还是狂妄的过错。

　　这些无伤大雅的田间漫步和无端遐思竟会遭到这般谴责：

　　　　我喜欢探求独特与新奇，
　　　　偏离坦途，不走寻常路，
　　　　那褪色的丝线又怎能
　　　　编织出玫瑰的华丽。

　　自然，如果这是她习惯使然、兴趣所在，那难免会受人嘲笑，据说蒲柏或是盖伊就讽刺她为"一位喜欢涂鸦的书呆子"。也有人说，她曾嘲笑盖伊，因而得罪了他。她说，盖伊的《琐事》表明"他更适合抬轿子，而不是坐轿子"。不过，默里先生说这完全是"流言蜚语"，而且"无聊至极"。但这一回，我却不敢苟同，我倒是觉得，哪怕是流言蜚语，也是越多越好，这样我就有可能发现或者拼凑出这位忧郁夫人的某种形象。她喜欢在田间漫步，常有一些奇思妙想，并且极其鲁莽轻率地奚落了"乏味地管理一座宅院及诸多下人"。不过，默里先生说，她变得越来越模糊不清。她的才华已被荒草湮没、被荆棘缠绕，再也没有机会把自身独特曼妙的光彩绽放出来。于是，我把她的诗作放回书架，转向另外一位了不起的女士，那位轻率急躁、异想天开，却让兰姆钟情的公爵夫人，纽卡斯尔的玛格丽特，她比温奇尔斯夫人年长，但是她们是同一时代的人。她们二人迥然不同，却又有相似之处，都出身高贵，都没有子嗣，嫁的都是好丈夫。

二人对诗歌都是满腔热情，却因为同样的原因而"为伊消得人憔悴"。打开这位公爵夫人的书，就可以发现，同样是燃烧的怒火，"女性像蝙蝠或猫头鹰一样生活，像牛马一样劳作，像虫子一样死去……"玛格丽特也是一样，本来也会成为诗人。在我们这个时代，如此付出总能推动历史车轮的前进。但是那时，她那狂野、充沛、纯朴的智慧，又怎能被驯化而变得文雅到可以为人类所用？只是喷薄而出，肆意横流，杂乱无章地形成了韵文与散文、诗歌与哲学的洪流，凝结在无人问津的四开本或对开本的书籍中。本该有人递给她一台显微镜，教她如何仰望星空并进行科学的推理。她的才智在孤独与自由中形成，没有人阻挡她，也没有人教导她，教授们奉承她，宫廷里的人奚落她。埃杰顿·布里奇斯爵士抱怨她粗俗——说那是"出身名门又在深宅大院里长大的女人"的粗俗。她把自己一个人关在韦尔贝克。

一想到玛格丽特·卡文迪什，我脑海里便会浮现出一幅孤独而有趣的画面！仿佛一棵巨大的黄瓜在花园里蔓延生长，将玫瑰和康乃馨全都盖住，让它们窒息而死。这个女人曾写道"最有教养的女人是那些思想最文明的女人"，却在胡涂乱写这些废话，挥霍自己的时间，在稀里糊涂和愚蠢行径中愈陷愈深，这是多大的浪费！结果她出门时，人们竟蜂拥在她的马车四周围观，显然，这位疯狂的公爵夫人已被看成老怪物，用来吓唬那些聪明的女孩子。我记得，多萝西·奥斯本写给坦普尔的书信中，谈到了公爵夫人的新作。于是，我便把这位公爵夫人的书放在一边，打开了多萝西的书信集。"果然如此，这个可怜的女人是有点儿精神错乱，要不然，她不会那么荒唐，胆子大到去写作，而且写的还是诗歌，我就是两个星期都睡不着觉，也不会那么做。"

既然得体又谦逊的女人不能写作，那么这个敏感忧郁的多萝西，性格脾气都和公爵夫人大相径庭，便什么也没有写过，当然书信除外。一个女人可以坐在父亲的病榻前写信，可以在炉火旁、在男人交谈的时候写信，这样便不会打扰他们。我翻开多萝西的书信集，发现一件奇怪的事，这位无师自通、孤单寂寞的姑娘在遣词造句、塑造场景方面，拥有何等的天赋。请看她接下来写的：

> 吃过饭，我们坐下聊天，提到 B 先生，后来我就离开了。白天的炎热就在阅读、做活中打发了。大约六七点钟，我走出家门，到了附近的一片公共草地，那儿有一群乡村姑娘在放牧牛羊，她们坐在树荫下唱着民歌。我靠近她们，她们的嗓音和美貌跟我在书上看到的古代牧羊女可大不一样，不过，她们的天真无邪和那些古代牧羊女倒是

如出一辙。我和她们聊天，发现她们个个都是心满意足，她们是世界上最快乐的人，只是她们自己不知道。我们聊着聊着，有一位姑娘四下张望，瞅见她的牛跑进了麦田，她们爬起来全都跑开了，好像脚底下长了翅膀。我没那么灵活，就落在后头。我看着她们赶着牲口回家，我想我也该回去了。晚饭过后，我就去了花园，走到一条潺潺流水的小溪边，坐了下来，多想你就在我身边……

人们可以确信，她身上已具备作家的潜质。不过"我就是两个星期都睡不着觉，也不会那么做"——人们很容易发现，即便是一位极富写作天才的女人也说服自己，认为写书实在荒唐可笑，甚至会使人精神错乱，我们可想而知，反对女人写作的声音到底有多么响亮。我把那薄薄的一卷多萝西·奥斯本的书信集放回了书架。接下来我看到的，是贝恩太太的书。

一说到贝恩太太，我们就碰到一个极其重要的转折点。我们撇开那些孤单寂寞的贵妇不谈，她们写作，只不过是自娱自乐，既没有读者，也没有人批评，她们就和自己写的东西一起被禁闭在自家的花园里。现在我们到了城里，和街上的普通百姓相接触。贝恩太太是一位中产阶级女性，具有普通人的种种美德：幽默、活泼、勇敢。因为她丈夫死了，加上生意失败，她不得不依靠自己的智慧来谋生。她不得不和男人一样出来工作。她勤奋有加，挣的钱足以维持生计。生活能够自足要比她写的任何一部作品都意义重大，甚至包括那篇出色的《千次殉道》，还有《爱神坐在奇妙的胜利之中》，因为心灵获得了自由，也就是说，她就可以随心所欲，想写什么就写什么。既然阿芙拉·贝恩做出了榜样，姑娘们就可以跟父母说，你们不用再给我零花钱了，我可以用我的笔来养活自己。但是，多年以来，人们听到的都是这样的回答：好啊，就像阿芙拉·贝恩那样！还不如死了！砰的一声，门就关住了。这个意味深长、颇有趣味的话题——男人对女人的贞洁和教育的重视——很值得探讨一番，若是格顿学院或者纽汉姆学院的学生就此话题作一番深入研究，兴许会写出一本妙趣横生的书来。达德利夫人浑身珠光宝气，坐在蚊虫纷飞的苏格兰荒野里，这或许可以用作卷首的插图。达德利夫人去世的那天，《泰晤士报》载文指出，达德利勋爵是"一位品位高雅、多才多艺的人，乐善好施，慷慨大方，但古怪专横。他定要自己的夫人盛装打扮，哪怕是去苏格兰高地狩猎，在最偏僻的小屋里也不能例外。他让她戴着灿烂夺目的珠宝"，等等。"他给她一切——却不给她任何权利。"那种古怪专横在十九世纪依然存在。后来达德利勋爵中了风，打那以后，她便一直服侍他，以出色的能力来管理他的庄园。

还是言归正传吧。阿芙拉·贝恩证明，也许，以牺牲一些符合传统的美德为代价，写作还是可以挣钱的。久而久之，写作也就不再被看作是愚蠢或精神错乱的事情，而是有了实用的价值。说不定，丈夫会先行一步离开人间，或者家中突遭横祸。十八世纪时，数以百计的女性做起了翻译工作或者写下了数不胜数的蹩脚小说，为自己挣点零用钱或紧急时贴补家用，那些小说在教科书中是无迹可寻的，不过，在查尔斯十字街的四便士书摊上，时不时还可以碰到。到了十八世纪末，女性头脑异常灵活——作演讲，组织集会，撰写评论莎士比亚的文章，翻译经典著作——这些足以证明，女性能够通过写作挣钱。钱让先前毫无意义的消遣变得有了价值。也许，人们还会找借口继续嘲笑她们是"喜欢涂鸦的书呆子"，但是谁也无法否认，她们就是靠着"涂鸦"，把钱挣到了自己的腰包。这样一来，在十八世纪即将终结之际，一场转变开始了，若是我可以重写历史，我会把它原原本本地记录下来，因为我认为，这一转变要比十字军东征或者玫瑰战争[①]还要意义重大。

中产阶级的女性开始写作了。因为，如果说《傲慢与偏见》有价值的话，《米德尔马契》《维莱特》《呼啸山庄》有价值的话，那么女性写作的意义，也就远远不是我这一小时所能论述的，而我所说的女性，不仅仅是指那些关在深宅大院、对自己的作品孤芳自赏、被人奉承的贵妇们，更多的是指普通女性。没有那些先驱者，简·奥斯汀、勃朗特姐妹以及乔治·艾略特便不能写出经典巨作，正如莎士比亚不能没有马洛，马洛不能没有乔叟，乔叟不能没有那些被遗忘了的诗人，是他们驯化了语言，为后人铺平了道路。须知任何一部杰作都不是从天而降、自成一体，它们无不是经年累月聚沙成塔，无不是集体智慧的结晶。因而，在一个人的声音的背后，必然是众多声音的共鸣。简·奥斯汀应该为范尼·伯妮的坟茔献上花环，而乔治·艾略特则应向伊丽莎·卡特（那个坚强的老太太把铃铛系在床头，为的是能早些起来学习希腊文）的魂灵致敬。所有的女性都应当为阿芙拉·贝恩的坟墓敬献鲜花，她被葬在威斯敏斯特教堂，多少有些惊世骇俗，但她也应当享此殊荣，因为正是她为女性赢得表达自己

[①] 玫瑰战争（Wars of the Roses, 1455—1485），又称"蔷薇战争"，是英王爱德华三世（1327—1377 在位）的两支后裔：兰开斯特家族和约克家族的支持者为了争夺英格兰王位而发生的内战。

思想的权利。尽管她来历不明，行为轻佻，正是她，让我今晚所说的话听起来不至于那么异想天开：用你们自己的智慧一年挣上五百英镑。

　　现在，我们来看十九世纪初期的作品。这里，我第一次发现，有几个书架的隔板上摆放的全是女性的著作。然而，在我浏览这些作品的时候，不禁问道，为什么除去极少数的几本，其余的全是小说？要知道，诗歌才是创作的最初冲动。"诗歌之尊"也是一位女诗人。不论是在法国，还是在英格兰，女诗人都要先于女小说家。除此之外，看看那四个著名的女作家，乔治·艾略特和艾米莉·勃朗特有何相似之处？夏洛蒂·勃朗特不是完全不能理解简·奥斯汀吗？她们除了都没有孩子这一点似乎有共同之处，任何聚在一个房间的四个人都不可能比她们更加格格不入——以至于虚构一下她们之间的会面就成了让人感兴趣的话题。可是，由于某种奇怪的力量，当她们开始动笔之际，她们却不约而同地全都选择了小说。我不禁问道，这是否与她们出身中产阶级家庭有关？又是否，与艾米莉·戴维斯小姐向我们展现的事情有关，即在十九世纪早期，中产阶级的家庭成员共用一间起居室？如果女性想要写作，她就只能在公用起居室里写。因此，正如南丁格尔小姐抱怨的那样，她如此愤愤不平地说——"从没有半个小时……是属于女人自己的。"——总是有人打扰她。果真如此，在客厅里写散文和小说，还是要比写诗歌和戏剧容易，因为无需那般全神贯注。简·奥斯汀一直到死都是在这样的环境下写作的。"她能完成所有这一切，"她的侄子在撰写回忆录时说，"真让人惊奇，想一想，她连一间单独的书房都没有，那就意味着大部分的工作都必须要在公用的起居室里完成，不时要被各种事情打扰。她小心翼翼，不让仆人、客人或是任何家庭成员之外的人猜测到她所做的事情。"① 简·奥斯汀把手稿藏起来或用一张吸墨纸把它们盖住。而且,十九世纪初,女性所接受的文学训练,均不外乎观察人物、分析情感。几个世纪以来,女性的情感一直就在人来人往的起居室里孕育而生。各种各样的情感给她留下深刻的印象,各式各样的人际关系呈现在她的面前。因此,当中产阶级女性开始从事创作时,她自然就是写小说。尽管看上去如此,不过,我们谈到的那四位著名的女性,有两位就其本质而言,显然并非小说家。艾米莉·勃朗特本来应该写诗剧,乔治·艾略特的创作冲动本来是历史或者传记,那才是她文思涌现、施展才华的地方。但她们却都写了小说。我把《傲慢与偏见》从书架上取下来,我得说,人们甚至更进一步,说她们小说写得很好。人们可以说,《傲慢与偏见》是本好书,这既非夸耀,也不至于给男人带来痛苦。无论如何,在写《傲慢与偏见》时,若是被人偶然撞见,也不算是什么丢人的事。但让简·奥斯汀欣慰的是,门轴会嘎吱作响,这样,在别人进门之前,她就有时间把手稿藏好。在简·奥斯汀看来,写《傲慢与偏见》总有些不光彩。这令我好奇,要是简·奥斯汀认为,没有必要在客人面前把手稿藏起来,《傲慢与偏见》是否会成为一部更为精彩的小说?我读了一两页,想看看有无这种可能,却找不到一丝一毫的迹象,可以说明她的生活环境对她的作品产生了任何不良影响。这恐怕就是奇迹之所在。一位女性,在一八〇〇年前后从事写作,心里没有怨恨,没有辛酸,没有恐惧,没有抗议,没有说教。我看着《安东尼与克莉奥佩特拉》,心想,莎士比亚就是这样写作的。人们把莎

---

① 《简·奥斯汀回忆录》由其侄子詹姆斯·爱德华·奥斯汀·李著。——原注

士比亚与简·奥斯汀相比较，他们大概就是要说，二人的心中都已宁静澄明，毫无挂碍。我们并不了解简·奥斯汀，也不了解莎士比亚，然而简·奥斯汀的字里行间却处处投射着她自己的身影，莎士比亚亦是如此。如果说，环境给简·奥斯汀带来不便的话，那就是强加在她身上的、过于狭隘的生活。一个女人，若想独自出门，四处走走，绝无可能。她从未单独旅行过，从未乘过公共马车穿行伦敦，从未独自在某家饭店用餐。不过，也许简·奥斯汀天性如此，对不曾拥有的东西并不奢求。她的天赋与她的生活环境相得益彰。我打开《简·爱》，把它放在《傲慢与偏见》旁边，我怀疑，夏洛蒂·勃朗特的情况却大不一样。

我翻到该书的第十二章，看到这样一句话："谁爱责怪我就责怪我吧。"我不禁好奇，为什么有人要责怪夏洛蒂·勃朗特呢？我读到，费尔法克斯太太在做果冻时，简·爱往往爬上屋顶，眺望远方的田野。她渴望——正是因为这，他们才责怪勃朗特——

我渴望有一种力量，可以看到比那里更远的地方，可以看到那繁华的世界，可以看到我听说过却没有见过的城市和乡村。我便渴望拥有更多的人生经历，与更多和我同类的人交往，结识更多性格各异的人，而不是被关在这个小圈子里。我珍视费尔法克斯太太的善良，珍视阿黛勒的善良，但我相信世界上还有另外不同类型、更为生动活泼的善良，我希望我能亲眼看到我所相信的东西。

谁会责怪我？毫无疑问，一定有很多人，人家会说我不知足。我无能为力，我天生就不安分。有时，我也很痛苦……

　　说人应当安于平淡宁静的生活，这纯属徒劳空谈，毫无益处，人必须有所行动，即便找不到目标，也要创造出来。千百万人注定要落入比我更为死气沉沉的厄运中，也有千百万人默默地与自己的命运抗争。没有人知道，芸芸众生，有多少抗争在人们心底深深地埋藏。人们都觉得女人安分守己，不过女人的感觉和男人并无二样。她们像自己的兄弟一样，也需要发挥才能、施展拳脚的场地。她们遭受到过于严苛的束缚、过于沉重的压制。男人所要经历的一切，女人同样也要面对。也有条件优越的女人，她们认为，女人只应做做布丁、织织袜子、弹弹钢琴、绣绣花袋，这样说，未免就显得她们目光短浅、心胸狭隘。如果她们要打破习俗的约束，去做更多的事情，学更多的东西，却有人来谴责或嘲笑，那这些人就未免太过愚蠢了。

　　我就这样一个人待着的时候，耳边常听到格莱斯·普尔的笑声……

这里的停顿有点突兀，我想。突然扯上格莱斯·普尔，真令人扫兴。连贯性被打断了。我把书放在《傲慢与偏见》的旁边，我继续想到，人们可能会说，写这部书的人要比简·奥斯汀更有才华。要是从头到尾仔细读完这几页，注意到文字间的不连贯，注意到它包含的这种愤怒激情，人们就会明白，她永远也不会把自己的才华完完全全地表现出来。她的作品注定要扭曲变形。本该行文冷静之处，下笔时却充满怒火。本该含蓄隐晦的地方，却写得愚蠢至极。本该塑造人物，她却写她自己。她在与命运抗争。她除了处处受制，屡遭失败，英年早逝，又能如何？

我不由自主地陷入了幻想，要是夏洛蒂·勃朗特每年能挣三百英镑，那又会怎样——不过，这个傻姑娘当即就以一千五百英镑的价格把小说的版权卖掉了。倘若夏洛蒂·勃朗特对这个花花世界、对这个充满活力的城市，多上几分熟悉、多上一些实践经验，与更多和她同类的人交往，结识更多性格各异的人，那又会怎样？她的那番话，不光是道出了她本人作为小说家的不足，而且也道出了那时全体女性的不足。她比任何人都清楚，倘若不是在眺望远方、寂寞孤独的憧憬中，耗费自己的才华，要是她能去体验、去交际、去旅行的话，她的才能就会得到多大的增益！但是苦于没有机会，她被限定在自己的小圈子里。我们只能接受现实，即所有这些优秀的小说——《维莱特》《爱玛》《呼啸山庄》《米德尔马契》——都出自那些足不出户的女人笔下，她们的人生阅历，不外乎是到一位体面的牧师的家里串串门。这些小说，也是在家庭的公用起居室里写成的，而写书的女人，穷得一次只能买几刀纸，来写《呼啸山庄》或者《简·爱》。她们当中有一位，就是乔治·艾略特，在历经磨难后，终于得以摆脱这种困境，虽说如此，但不过是隐居在圣·约翰森林中的一座别墅而已。而即便定居于此，也依然处于世人非难的阴影中。"我希望人们可以理解，"她写道，"若没有人要求，我永远也不会请任何人来看我。"这难道不是因为，她和一个有妇之夫住在一起，犯下了罪行？不管是史密斯夫人还是什么人，只消瞥上她一眼，都会有损贞洁。女性必须遵从社会习俗，必须"大门不出二门不迈"。与此同时，在欧洲的另一侧，则有一位男士逍遥自在地与吉卜赛姑娘或者贵妇名媛生活在一起，去奔赴战场，随心所欲、无拘无束地经历着多姿多彩的人生，而后来，当他开始写作时，这经历便成了不可多得的素材。假如托尔斯泰与一位有夫之妇隐居在修道院里，"与世隔绝"，且不管这道德教训是多么给人以启迪，我想，恐怕他是写不出《战争与和平》来的。

不过，关于小说创作，以及性别对小说家的影响，或许可以深入探讨一下。如果闭上眼睛，把小说想象成一个整体，就会发现，小说虽是创作，却如同镜中的生活，与现实生活颇为相似，尽管简化和歪曲处处可见。更准确地说，小说是一种结构，在人们心中投下某种形状，时而成方形，时而成塔状，时而坚固紧凑，时而伸出侧翼和拱廊，时而犹如君士坦丁堡的圣索菲亚大教堂。回想起几部著名的小说，我觉得，这一形式把人们心中与之相适应的情感给激发出来。不过，这种情感便与其他的情感融合在一起，因为，这"形式"并非由砖石相砌而成，而是由人与人之间的关系构造而成。这样一来，小说就在我们心中把各种敌对和冲突的情感激发出来。生活与非生活的东西相互冲突。因此，小说如何也就莫衷一是，而个人的好恶在极大程度上支配着我们，让我们摇摆不定。一方面，我们觉得你——主人公约翰——必须活着，否则我将会堕入绝望的深渊。另一方面，我们又觉得，啊，约翰，你还是死吧，因为故事的发展要求如此。生活与某种非生活的东西相互冲突。那么既然小说在某种程度上也是生活，那我们就把它当成生活来评判。有人说，我最讨厌詹姆士那种人。要么说，这真是荒谬之至，我从来就没见过这种事。想一想任何一部著名小说，显而易见，整体结构极其复杂，其中交织着错综复杂的评判、各式各样的情感。令人诧异的是，这样一部书也能完完整整地流传下来，而且有可能，英国读者的理解，竟和俄国读者、中国读者的理解完全一样。不过有时，有些书的完整性确实令人赞叹不已。这为数不多的传世之作（我想到《战争与和平》）如此俨然一体，那就是我们所说的忠实。就小说家而言，这里的忠实，是指他让人相信，这就是真相。是的，人们会说，我绝不会想到事情竟会是这样，我从没见过有人竟会这样做。可你让我相信，的确如此，事情就是这样发生了。人在阅读时，书中的每一句话、每一个场景都仿佛一道灵光——那是造化的神奇，让我们得以启迪，可以把小说家的诚实与虚伪看得一清二楚。或许也可以更准确地说，是一时心血来潮的灵感，在心灵之墙上用隐形之笔写下了预兆，由这些伟大的艺术家来印证，只需天才们灵光乍现，那预兆便可为人所见。当其昭然若揭，如此生气勃勃，人们不禁欣喜若狂，这岂不是我一直所感觉、所熟知、所渴望的吗？我们心潮澎湃，充满敬畏，合上书本，把它放回书架上，仿佛这无比珍贵，可以受益终身，我说着，拿起《战争与和平》，把它放回原处。而另一方面，若是读到蹩脚的句子，虽然也色彩鲜明、姿态绚丽，初读起来也能立刻与之热切共鸣，但细细审视，也便到此为止了：似乎有某种东西阻碍其发展，或者只是在边边角角里看到几笔淡淡的涂鸦，既不完整，也不充分。我们只能失望地叹息，这又是一部失败之作，这部小说在某个地方出了岔子。

　　而绝大部分小说的确会在某些地方出岔子。想象力枯竭无源，自然不堪重负。洞察力迷乱不清，真假难辨，更没有精力去继续创作，因为写小说时刻都要灵活运用各种不同的才能。我看着《简·爱》，再看看别的书，心下思忖，小说家的性别又怎么能影响到所有一切呢？一位女小说家，她的性别会以何种方式妨碍她的正直？——而在我看来，正直才是作家的脊梁。我从《简·爱》中引用的那一段文字里，愤怒的确影响了小说家夏洛蒂·勃朗特的正直。她放下本该全身心投入的故事，转而去宣泄个人的不满。她想起自己本该享有却被剥夺的生活——她渴望自由自在地周游世界，却被困在一个教区牧师家里补袜子。我们能察觉到，她的想象力因愤怒而偏离了方向。除了愤怒，还有许多别的因素在制约着她的想象力，比如说，无知。罗切斯特的肖像就是在黑夜中画就的，这是恐惧在从中作祟。就像处处可见的尖酸刻薄，那是苦闷，是积怨，是激情之下郁积的痛苦之火在慢慢燃烧，尽管这书写得非常出色。

既然小说与现实生活如此紧密相连，那么小说的价值，从某种程度上说，也就是真实生活的价值。但是，显而易见，女人的价值观与男人相比，天差地别，这是很自然的事情。然而，占上风的，却是男人的价值观。简单地说，足球和比赛自然"无比重要"，追逐时尚、买衣服则"微不足道"。而这些价值观念必然从生活进入小说。评论家会说，这本书意义重大，因为它写的是战争。这一本就无足轻重，它描写的是起居室里女人的情感。战场上的情形自然远比商店里的场景更为重要——价值的差异随处可见，而且那区别又更加微妙。因此，十九世纪早期小说的整体结构就是这样确立的，如若出自女性笔下，它就被稍微拉离正直之道，为了迁就外界的权威而不得不放下自己清晰的观点。只需翻开那些以前的小说，它们早已被人遗忘，听一听其中的语气，便知道作家正遭受批评。她时而挑衅，时而示弱，时而承认自己"只不过是女人"，时而又抗议，说自己"跟男人不相上下"。温顺、羞怯，还是怒气冲冲、高声叫嚷，如何对待批评，全视她的心情而定。其实，态度如何，无关紧要，问题是，她所关心的已不再是事情本身。她的书被淘汰，书中有瑕疵。这让我想到，所有这些女人写的小说，散见于伦敦的旧书店里，就像果园里长着疤痕的小苹果。正因为这疤痕，苹果才腐烂变质。她为了迎合别人的意见，而改变了自己的价值观。

不过，不让她们左右摇摆，这何等困难。在这个父权一统天下的社会，面对所有那些批评，要有何等的才华、何等的忠正，才可能不为所动，坚持自己的观点而毫不退缩。能做到这一点的，只有简·奥斯汀和艾米莉·勃朗特。这又是她们可以引以为豪的事情，也许是她们最大的成就。她们按照女人的方式而不是男人的方式进行写作。在当时写小说的有上千名女性，只有她们，完全不顾那固执的老学究不停重复的训诫——要这样写，要那样写。只有她们对那喋喋不休的声音充耳不闻。牢骚也好，傲慢也罢，专横也好，悲恸也罢，或是震惊，或是愤怒，还有长辈般的谆谆教诲，这声音就是不肯让女性安生片刻，就像一位一本正经的女教师，对她们耳提面命，就像埃杰顿·布里奇斯爵士那样，要她们务必温文尔雅；甚至把对性别的批评也要拖进对诗歌的批评中去；① 并告诫她们，如果想

---

① "（她）的目的性极其抽象，这种执着又极其危险，对女性来说尤其如此。因为女人不像男人那样对修辞学有一种正常的喜爱。在别的事情上，女人更为原始，更为物质，这种欠缺真是让人感到惊奇。"引自《新标准》，1928 年 6 月。——原注

赢上一个什么闪闪发光的大奖，那就要举止得体，循规蹈矩，必须在绅士们认为合适的范围内——"……女小说家，只有鼓足勇气承认身为女人的局限性，才能追求成功。"[1] 这话真是一语道破天机，而且如果我告诉你们，这话并非写于一八二八年八月，而是一九二八年八月，你们一定会大吃一惊。我想，你们也会这么认为，不管这句话现在读起来多么可笑，在一个世纪前，这代表的却是更为有力、更为坦率的多数派人的意见——我不是翻旧账，我只是顺手捡起。在一八二八年，一个年轻女人，能无视那些冷落、苛责，能抵制那些所谓大奖的诱惑，得需要多大的勇气、多大的毅力啊！除非她是一位文学狂热分子，才能对自己说：哎，不过，他们不能把整个文学都买了吧。文学会向每个人敞开大门。就算你是教区执事，也不能把我赶出这块草坪。爱锁图书馆就锁吧，但休想把我自由的精神关进门里，锁住门闩，禁锢起来。

不管挫折和批评对她们的创作有何影响——我相信这种影响非常巨大——与她们（我所说的仍然是十九世纪初的小说家）将自己的想法付诸笔墨时，所要面对的其他困难相比，也就不值一提了。所谓其他困难，就是当她们提起笔来，并无前人的经验可以借鉴，即使有，也因为过于短暂、不够完整而无济于事。因为，身为女人，我们就只能通过母亲来思考过去。不管我们从伟大的男作家那里获得多少乐趣，若想从他们那里寻求帮助，却是毫无收获。兰姆、布朗、萨克雷、纽曼、斯特恩、狄更斯、德·昆西——不管是

---

[1] "如果你就像那位记者一样，认为女小说家，只有鼓足勇气承认身为女人的局限性，才能追求成功（简·奥斯汀表明，要做到这一点，可以说是轻松自如）……"引自《生活和书信》，1928 年 8 月。——原注

谁——从未帮助过一位女性，尽管她可能从他们那里学会一些写作技巧，在自己的作品中派上用场。男人心中的轻、重、缓、急，和她本人的情况相比，真是天壤之别，所以她很难从中学到什么实实在在的东西。最后只能是画虎不成反类犬。下笔之时，她发现的第一件事，就是没有一句现成的话可以供她借鉴。所有伟大的小说家，像萨克雷、狄更斯、巴尔扎克，他们的文笔自然流畅，绝不马虎，富于表现而不矫揉造作，各有特色而又为大众所共享。他们的小说，使用的是当下流行的句子。十九世纪初流行的句子大概是这个样子的："他们作品的伟大之处，在于其立论绝不半途而废，而势必进行到底。再没有比砥砺艺术、不断创造真善美，更让他们感到兴奋和满足的了。成功催人奋进，而习惯助人成功。"这是男人的句子。在它背后，我们看到了约翰生、吉本和其他人的影子。这种句子，并不适合女人。夏洛蒂·勃朗特，尽管有出色的文学天赋，奈何没有高明的技巧，就不免脚下踉跄，栽了跟头。乔治·艾略特因此而铸成舛误，总是以辞害意。简·奥斯汀看到这样的句子不免心生讥笑，便设计出合乎自己需要、流畅自然、优美匀称的句子来，一生从未偏离。因此，虽然论才华比不上夏洛蒂·勃朗特，她却写出了更多的东西。确实，既然充分自由的表达才是这门艺术的精髓，那么，传统的缺失、工具不够用或者不顺手，就对女性的写作产生巨大的影响。更何况，一本书的完成，并不是把句子首尾相连那么简单，而是要去构筑，形象地说来，就像是搭起拱廊和穹顶那样。而就连这一形式本身，也是男人出于自己的需要，为自己使用而设计出来的。没有理由相信，史诗或者诗剧的形式比语句的形式更适合女人。但当女性开始写作时，各种旧的文学形式早已根深蒂固，想要改变那是难上加难。只有小说，刚刚兴起，还可以任意塑造——这或许，就是她写小说的另一个原因。可是，时至今日，谁又能说"小说"（我给它加上引号，因为我觉得这一名称并不适当），即使是这所有形式中最易驾驭的形式，已被改造得适合她来使用了呢？毫无疑问，一旦她可以自由地运用自己的能力，我们便会发现，她会将之敲打成形。她心中的诗意，会用一种新的形式表现出来，虽然未必是诗歌的形式，但是这诗意仍然无法宣泄得淋漓尽致。而我继而默想，现在，一位女性会怎样写一部五幕的悲剧诗歌呢？她是用韵文，还是宁可用散文？

但这些难以解答的问题，仍在遥遥的暮色下阴晦未明。我必须将它放在一边，以免跑题，要不然，我会在它的诱惑下迷失在一片荒芜的森林里，说不定，最后落入野兽之口。我不想，我相信你们也不愿听，谈论这样一个令人沮丧的话题，那就是小说的未来，所以在此我只是稍作停留，请你们注意，就女性而言，物质条件对小说的未来至关重要。书的长短必须与身体状况相适应，也就是说，与男人相比，女人写的书应该更短些、更紧凑，并且其构造更适合女性，布局谋篇也不需要长时间聚精会神地工作，也不用担心别人打扰。因为打扰总是在所难免。还有，用来滋养大脑的神经，男女的构造也不相同，若要它们全力以赴、出色地发挥作用，就必须区别对待——例如，这种长达数小时的打坐，据说是数百年前僧人发明的，那么是否适合她们呢？——对她们来说，工作与休息，又该如何一张一弛，不过，不能把休息理解成无所事事，休息也是做事，只是换了一种不同的形式。那么，不同点又是什么呢？这正是需要讨论、需要解答的问题，这正是"女性与小说"的题中之义。然而，当我再次走向书架时，又想到，我要去哪里才能找到对女性心理所做的翔实分析呢，而且，还要是女人写的？如果因为女性踢不好足球，就不让她们当医生——

幸运的是，我的思绪现在又转向了另一个话题。

Chapter
05

· 第五章 ·

终于，我在这样随意闲逛后，来到了放着在世作家作品的书架前。既有女性的作品，也有男性的，因为如今女性所写的书，几乎和男性写的一样多了。或者，如果说事实并非如此，如果说男性在两性当中，还是属于更善谈的一方，那么，毋庸置疑，女人不仅仅只写小说而已。书架上放着简·哈里森有关希腊的考古学著作，弗农·李的美学专著，格特鲁德·贝尔的波斯游记。许许多多，包括这一代人之前，女性未曾涉足的各类话题。有诗歌、戏剧，还有评论、历史和传记、游记以及各种学术研究著作，甚至还有几本哲学书，几本有关科学和经济学的著作。而且，虽然小说仍占绝大多数，却与其他著作产生了联系，所以小说自身也大有可能已经发生变化了。那种天然的纯真，女性写作上的史诗时代，或许已经不复存在了。阅读与批评或许增长了她的见识，拓宽了她的视野，让她更为含蓄，不再冲动地描写自我。或许她已经开始把写作当成一门艺术，而非表达自我的方法。在这些新小说中，我们或许可以找到此类问题的一些答案。

我随便从中拿了一本。这本书放在书架的末端，名为《人生之冒险》，作者是玛丽·卡米克尔，这是十月刚出版的。看上去是她的首部著作，我对自己说，不过，当人们阅读时，务必要把这一本当作一套很厚的丛书中的最后一本，它和我刚刚浏览过的所有另外几本书是有联系的——温切尔西夫人的诗集和阿芙拉·贝恩的剧作，还有那四位著名小说家的全部小说。这是因为，书籍总是前后延续，虽然我们喜欢把它们分开评论。而我也必须把她——这位不知名的女性——当作另外几个女性的后继者，我刚刚了解了她们的境况，现在来看看她们的个性和缺点又被她继承了多少。因而，我坐了下来，拿出笔记本和铅笔，看看我能从玛丽·卡米克尔的第一部小说《人生之冒险》中得到什么，可一想到小说常常带给人的是镇痛而非治疗，只会让人在昏迷中睡去，而不是用燃烧的烙铁把人烫醒，我长叹一声。

我把这一页从上到下先浏览一番。对自己说，我要先去领会她的句子有何意义，再去记清楚那些蓝眼睛、褐眼睛，还有克洛伊和罗杰之间可能存在什么关系。但是得等我弄清她手里拿的是一支笔，还是一把镐头，才会有时间来管这些。因此，我读了一两句，很快就感觉到其中有明显不妥之处。使句子流畅的衔接处出现了断点。像被什么撕裂了，被划擦过，时而从这儿时而从那儿，蹦出一个字来，闪现在我眼前。就像旧剧本中人们常说的，她"解放了"自己。在我看来，她就好比一个拿着火柴却无法把它点亮的人。可是为什么，简·奥斯汀的句子对你来说也不适合？仿佛她就在我面前，我问她。就因为爱玛和伍德豪斯先生死了，那些句子就必须统统抛弃吗？唉，我不禁叹口气，惋惜怎么会这样。简·奥斯汀的文笔，就像莫扎特的协奏曲，一个个优美的旋律婉转相连，相比之下，这本书就像是小船行驶在海上，或浮或沉。这种行文简洁、简明扼要给人急促喘息的感觉，或许意味着她在惧怕什么东西，或许是怕人称呼她"感伤"，又或许是她记起女性的作品曾被人称之为虚有其表，便刻意增添了些荆棘。不过，等我仔细阅读完其中的一个片段之后，我还是不能肯定这究竟是她本人写的，还是别的其他人写的。不管怎样，细读之下，我想，她还没有让人失去阅读冲动。只是，过多地堆砌了事实。如此篇幅的一本书，恐怕连一半事实都用不上。（这本书只不过大约《简·爱》一半的长度。）不过，她还是有办法让所有人——罗杰、克洛伊、奥莉维亚、托尼和比格汉姆先生——都上了一条溯流而上的独木船。等一下，我往后仰靠在椅背上说，在我做出进一步评论之前，我一定要把整部作品仔细阅读一下。

我几乎可以肯定的是，玛丽·卡米克尔在跟我们开玩笑，我告诉自己。我的感觉，就像是走在"之"字形起伏的铁路上，当你以为车厢就要俯冲下去时，它却极速升起。玛丽搞乱了那种预期的顺序。她先是打破了句子，随后又打乱了顺序。好吧，只要她不是以破坏为目的，是为了创造，她自然有权利这样做。但二者之中，究竟是哪一种，我还尚不能确定，除非她让自己面对一个特定的情形。我告诉自己，我能给她一切自由，由她选择任何一种情形，不管是几个铁皮罐、几把旧水壶，只要她愿意，但是她一定要让我信服，她确信就是这样的情节。而一旦她选择了这个情节，就必须面对。她必定会跳起来。如此，我便决心向她尽一个读者的职责，只要她向我尽到作者的责任，我翻到一页，读了起来……对不起，我如此唐突地停下。是不是没有男人在场？你敢和我保证，在那边红色窗帘的后面，并没有藏着查特莱斯·拜伦爵士的身影？你确定在座的全是女人？那么，我可要告诉你们，接下来我读到的是这样一句话——"克洛伊喜欢上了奥莉维亚……"不要吃惊，不要脸红。就让我们在自己私下的圈子里承认，这样的事情是可能发生的。有时，女人确实喜欢女人。

"克洛伊喜欢上了奥莉维亚……"我读着。然后便突然意识到，这是一个非常大的转变。或许，在文学历史中，这是克洛伊第一次喜欢上了奥莉维亚。克莉奥佩特拉并不喜欢奥克泰维娅。而倘若她是真喜欢，那整个《安东尼与克莉奥佩特拉》都会变样！我这样想着，任由自己的思绪，暂时离开了《人生之冒险》，若有人敢照样子说出来——那整件事就简化了，变成传统的一部分了——那就是荒诞。克莉奥佩特拉对奥克泰维娅唯一的感情，就成了妒忌。她的个子比我高吗？她的发式是怎么梳理出来的？也许，除此之外，这部作品就不再需要什么了。但是如果这两个女人之间的关系更复杂的话，那会非常有趣。我快速回顾了一下小说中女人耀眼的形象，以我之见，这些女人之间的关系，都太简单了。太多的东西被遗漏，还有太多空白，未被尝试。我尽力回想，在我所有看过的书中，能否找到一段属于两个女人的友谊。《十字路口的黛安娜》中有过这样的尝试。当然，在拉辛和古希腊的悲剧中，她们是母女关系，但更多时候是知己。几乎毫无例外，她们仅仅存在于和男性的关系中。想想就让人觉得奇怪，直至简·奥斯汀时代，小说中所有伟大的女性，不仅只是站在男性角度来看，而且，只有在与男性的关系中才得以被肯定。而这种关系在一个女人的生活中只是多么渺小的一部分啊。而当一个男人鼻子上架上性别意识给他的黑色眼镜，或是玫瑰色眼镜，从中观察，又能看到些什么呢？也许，正因此，小说中的女人才有了如此古怪的特性，不是美得惊人，就是丑得出奇，要么超凡善良，要么极恶堕落——因为这些都来自情人眼中，随着他的爱情成功与否来这样评判女人。当然，在十九世纪的小说家笔下，就并非如此了。书中的女人变得多样，也更为复杂。确实，也许正是书写女人的欲望让男人日渐放弃了诗剧，因为诗剧过于强烈，难以将女人作为题材，这才发明了小说，以之作为载体，更为适宜。即便如此，即使是在普鲁斯特的文字中，也可以明显看出，男人对于女人的认识，仍是处处受限、失之偏颇的，这就如同女人对于男人的认识，又何尝不是如此呢？

而当我低下头去继续看着这一页，进而想到，女人也和男人一样，除去日复一日的家庭琐事，渐渐有了其他的兴趣。"克洛伊喜欢上了奥莉维亚。她们合用一间实验室……"我接着读下去，发现这两位年轻的姑娘正忙着切猪肝，而猪肝好像是用来治疗恶性贫血的良方。她们其中的一个不但已经结婚，而且还有了两个孩子。——我认为这些内容我没说错。而这些，当然了，都是不能说的。正是这个原因，小说中女人光彩夺目的形象就过于简单、过于单调了。打个比方，我们假设文学中的男性只作为女性的恋人出现，而不是作为男人的朋友、军人、思想家或者幻想家出现。那么莎士比亚的戏剧中，能够分配给他们的角色也会少得可怜，文学可就会逊色多少！奥赛罗或许几乎完整，安东尼也会保留，但却失去了恺撒，失去了布鲁特斯，失去了哈姆雷特，失去了李尔王，失去了杰奎斯——不能想象，文学将会变得多么贫乏？而且，如果文学的大门始终不曾对女性开放，那就早已贫乏得无法估计。她们违心地嫁人，足不出户，只做一件工作，这样叫剧作家如何丰满、生动地去塑造她们，哪怕只是如实描写？唯有爱情可以。诗人也不得不满怀着激情，或是满腹的辛酸，除非，他是有意"仇恨女人"，而这往往只意味着，他对女人没有吸引力。

当然，如果克洛伊喜欢奥莉维亚，而她们又合用一间实验室，这本身就会让她们的友谊有了变化，会变得更长久，因为这就不会太涉及个人隐私，如果玛丽·卡米克尔知道如何去写的话，我就会喜欢上她风格中的某些特质。如果她拥有一间自己的房间，这一点我不确定，如果她每年可以拥有五百英镑的收入——但这也有待证明——如果是，那么，我想，某种意义非凡的事情就已经发生了。

原因是，如果克洛伊喜欢奥莉维亚，而玛丽·卡米克尔又知道如何表达，她就会在这间至今为止无人来过的大厅里点燃一支火炬。柔和昏暗的光线伴着漆黑的身影，人们如同走进了蜿蜒的洞穴，举着蜡烛四处打量，不知道身在何处。而我又接着读这本书，读到克洛伊盯着奥莉维亚把一个罐子放到了架子上，跟她说该回家看孩子了。我惊叫道，这情形可是自古以来从未有人见过的。而我也非常好奇地关注着。因为我想看一看，玛丽·卡米克尔会如何描述那些未曾被记载过的情形，那些不曾说过或是没有完全说出的话，因为当女人独处时，不再受到男人那变化无常、戴着有色眼镜的关注，这便形成了自己的写作风格，就像天花板上飞蛾的影子一般不易察觉。我继续往下读，对自己说，她只有屏住呼吸才行。因为女人多疑，任何动机不明的兴趣都会引起她们的怀疑，又因为她们习惯于隐瞒和压抑，向她们投来的任何敏锐目光都会让她们惊惶离去。你要这样做的话，唯一的办法，我对着玛丽·卡米克尔说，似乎她就在我面前一般，就是嘴上说着一些别的事情，眼睛从容地看着窗外，这样记下来，也不是用铅笔记在笔记本上，而是要用最快的速度，用无声的语言，在大脑中记下发生的事情。当奥莉维亚——这个被岩石的阴影遮掩了上百万年的生灵——感觉到阳光照在身上，看到一份陌生的食物正送上前来——那是知识、冒险和艺术，她便伸手去接，我想，又一次把视线从书上移开，她必须将自己的才智重新组合，须知她的才智已是高度发达，这样才能将新旧融合在一起，而不至于打破整体上错综复杂而又精巧细致的平衡。

但是，哎，我又做了一件我决意不做的事了，不经意间我又开始为自己的性别大唱赞歌。"高度发达"——"极其错综复杂"——毋庸置疑这都是赞美的言语，而称赞自己的性别总是不能让人信服，往往很是愚蠢。而这一次，我又如何才能证明自己言之有理？我不能指着地图说，哥伦布发现了美洲大陆，而哥伦布是个女人；或者拿起一个苹果，说牛顿发现了万有引力，而牛顿是个女人；或是抬头仰望天空，说飞机在头上飞，而发明飞机的是女人。墙上并没有刻度，来衡量女人实际的高度。没有精准刻度的码尺，用以衡量慈母的关爱、女儿的孝心、姐妹的忠实，或是家庭女性的能力。直到现在，也很少有女性进入大学接受教育，她们几乎不曾在各行各业——陆军和海军、贸易、政治和外交中接受历练。就算是现在，她们也还是无名无分。但是如果我想知道，比如说，谁能告诉我有关霍利·巴茨爵士的一切，我只需要翻开《伯克》或是《德布雷特》，就会发现他获得这样那样的学位，拥有一处府邸，有一个继承人，是某个委员会的秘书，出任过英国驻加拿大大使，还接受了若干学位、官职、勋章和其他荣誉，这些都作为他功勋的印记，不可磨灭。关于霍利·巴茨爵士，再没有人知道得比这更多的了。当然上帝除外。

　　然而，在我说女性"高度发达""无比错综复杂"时，我在惠特克或者德布雷特的名鉴中，或是大学年鉴中都无法得到证实。处于如此尴尬的境地，我还能做些什么呢？我又望向书架。上面放着这样几本传记：约翰生、歌德、卡莱尔、斯特恩、柯珀、雪莱、伏尔泰、勃朗宁，以及许多其他人的传记。而我开始想到所有这些伟人，出于种种原因，仰慕女人，追求她们，与她们一同生活，向她们吐露心中的秘密，向她们求爱，将她们写入作品，信任她们，这只能，怎么说呢，只能称之为对异性中某个人的某种需要和依赖。我不能肯定，所有这些关系都是纯粹的柏拉图式的恋爱，而威廉·乔因森·希克斯爵士大概也会矢口否认。但是如果我们坚持说这些杰出人物只是从中得到了安慰、恭维和肉体的愉悦而再无所获的话，那我们就大大地冤枉了他们。他们获得的，显然是他们自身的性别所无法提供的某些东西。我们大概不必引证诗人那些狂放不羁的言辞，便可以进一步把它看作只有女性的天赋才能给予的某种灵感，某种可以唤醒创造力的动能。这样界定也许并不太鲁莽。我想，他只要一打开客厅或是儿童房的门，就可以看到她在孩子们中间，或是腿上正放着一块刺绣——不管怎样，作为截然不同的一种生活秩序和系统的中心，女人，让他看到了另一个和他不同的世界，而他的世界，也许就是法庭或下议院，而这不同立刻便让他生气勃勃，精神焕发。接下来，哪怕是最简单的几句闲聊，自然也会产生不同的见解，这足以使他原已干涸的思想得以滋润。而看到她用不同于他的方式也在创作，他的创造力也变得异常活跃，渐渐地他贫瘠的大脑又开始构思。而当他戴好帽子打算动身前去寻找她时，心中原先那百思不解之处，便已豁然开朗了。每一位约翰生都有他的斯雷尔，出于诸如此类的原因而忠诚于她，而后来斯雷尔嫁给了她的意大利音乐教师，约翰生怨恨交加，差点发疯，不仅是因为他在斯特里特汉姆的美好时光一去不返，还因为他的生命之火"仿佛熄灭了"。

我们依然可以感受到，女人的这种错综复杂的性质，以及她们高度发达的创造才能的力量，尽管，这种感觉和那些大人物——比如说，约翰生、歌德、卡莱尔或是伏尔泰——相比，大为不同。只有英语语言的资源得到最大限度的运用，新鲜的词汇也要不断涌出，女人才有可能说得出她走进房间时发生了什么事情。房间与房间之间也大不相同，或安静，或轰鸣作响；或面朝大海，或正相反，正对着监牢大院；有的挂满了洗净的衣物，有的被白玻璃和丝织品装点得生机勃勃；有的像马鬃般坚硬，也有的如羽毛般柔软——你只需走进街上的任何一间房子，那错综复杂的女性气息便会一下子扑面而来。要不然，它会是什么样子呢？千百年来，女人一直坐在屋里，到了今天，这房间的墙壁也已浸透了她们的创造力，而实际上，那些砖瓦泥浆早已不堪重负，这种力量必须诉诸笔端，或写作或绘画，又或从商或从政。但女人的创造力又和男人大不相同。我们一定会得出这样的结论，如果是这种创造力因为受到阻碍而无法发挥，或者被浪费，那真是非常可惜，因为它遭受了好几百年严苛的压制，而没有任何东西可以取而代之。如果女人像男人一样写作，像男人一样生活，长相也和男人一样，这真是太遗憾了，因为，既然男人女人各有不足，而世界如此之大，多彩多样，只有一种性别怎么能应付得了？难道教育不是应该彰显差异、突出个性，而不是舍异求同？毕竟，我们有太多的相似之处，倘若有位探险家回来，告诉我们，还有其他性别的人，他们正从枝叶间，望着另一片天空，那么，没有什么会比这个消息对人类的贡献更大了。若是碰巧我们看见某教授为了证明自己的"优越"，而去寻找他自己的标准，我们一定会开怀大笑。

我的思绪仍然停留在书本上，我想，玛丽·卡米克尔只会将自己作为一个旁观者来创作自己的作品。恐怕，她真变成一个自然主义小说家了——在我看来，这类作者很无趣——不是一个有思想的小说家。有这么多的新鲜事物要由她来观察，她倒不必再把自己困在贵族阶级的豪宅中。她大可不必心怀怜悯或是纡尊降贵，走进那些香气扑面的小屋，里面坐着交际花、妓女和抱着哈巴狗的太太们。她们坐在那里，穿着并不讲究，所以假如是男作家进了房间，一定会拍拍她们的肩膀。但玛丽·卡米克尔会把她的剪刀拿出来，为她们将衣服的边边角角都剪裁得十分合身。当我们看到这些女人的真面目时，那必定会是另一番情景。但是，我们还须再等一会儿，因为玛丽·卡米克尔仍在为自己所认为的"罪恶"所累，这种"罪恶"是性别传统留给我们的遗产。她的脚上仍会戴着那条锈迹斑斑的阶级脚镣。

不过，大多数的女性既不是妓女也不是交际花，她们也不会在整个夏日的午后都坐在那里，把哈巴狗裹在布满灰尘的丝绒里，紧紧抱在怀中。那她们又都做些什么呢？我的脑海里一下子浮现出一条长巷来，河南岸的某个地方有着很多这样的街巷，那里密密匝匝，住满了人。在这条长巷里，我仿佛看见一位年迈的妇人缓缓走来，身旁的中年女性挽着她，那大概是她的女儿，两人衣着非常体面，脚上踩着皮靴，身上穿着毛皮大衣。那天下午，她们打扮得如此隆重，犹如参加某个仪式一般，而她们的衣服年复一年，每逢夏月，都叠放整齐，收在放有樟脑丸的衣柜里。她们穿过街道时，路灯都已点亮（因为她们最喜欢的正是薄暮时分），想必她们年年如此，喜欢在这个时候出去。年长的快有八十岁了，但要是有人问她，她的一生对她而言有何意义，她一定会告诉你，她记得那些街巷曾因为巴拉克拉瓦战役而灯火辉煌，或说，她曾听到海德公园里为爱德华七世庆生时的鸣炮声。可是，要是有人希望搞清楚确切的时间是几月几号、是哪个季节，然后问她，一八六八年的四月十五日，或是一八七五年的十一月二日，她在做些什么，她竟然会一脸茫然，说她什么也不记得了。因为每天都要把饭菜准备停当，都要把锅碗瓢盆洗干净，送孩子们去学堂，看着他们一个个长大成人。什么都没有留下，一切都消失殆尽。传记或是历史对此没有一句称赞。而小说，也无一例外地对此撒了谎，虽然本意并非如此。

所有这些默默无闻的人，仍有待于记载下来，我对玛丽·卡米克尔说，好像她就在我面前一样。我的思绪仍在伦敦的大街小巷间穿梭，感受着那种默默的压力，感受那种无人记载的经年累月的生活，这或许来自街角叉腰的女性，她们的戒指嵌在肥胖肿胀的手指上，闲聊时还要比手画脚，就像莎士比亚戏剧中的词句那般抑扬顿挫；也或许来自卖紫罗兰的姑娘、卖火柴的女孩，还有坐在门洞下的瘦老太婆；又或许来自那些闲逛的女孩，她们的脸就像阳光和乌云下的海浪，让人联想到来往的男男女女，和商店橱窗里闪烁着的灯光。所有的一切你都要去探索，我对玛丽·卡米克尔说，要紧握住你手中的火把。但是，你先必须照亮自己的灵魂，看清它的深刻或浅薄、虚荣或宽宏，而且还要说出来，美貌或平庸对你意味着什么，还有，你与这个变换不停、日新月异的世界有何关系呢？看看这个世界吧，从药剂瓶中散发出的淡淡气味，弥漫在铺着人造大理石地板的布料卖场，那卖场里挂着摇来荡去的鞋、袜、手套等各种物品。想象中，我走进了一家商场，那里铺着黑白相间的地板，四处挂满了五颜六色的丝彩带，真是美得惊人，就像是安第斯山上的任何一座雪峰或是一处岩石林立的山谷。玛丽·卡米克尔若是经过这里，我想，她应该进来看一看，因为这个场景她可以写入作品。而且，这柜台后面，还站着一个女孩儿——而我乐意去了解这个女孩，就像对待第一百五十本有关拿破仑的传记，或是第七十部有关济慈的专著，又或是老教授之流撰写的对弥尔顿式倒装句的研究一样。然后，我继续小心翼翼地踮起了脚尖走着（我太胆怯了，太害怕那差点就打到我肩膀的鞭子），小声对她说，对于男人的虚荣——不能说是怪癖，这样说就没那么让人讨厌——应该学会一笑而过，而不必怨恨嘲笑。因为人的脑后都有一个先令大小的疤痕，只有自己是看不到的。而两种性别是可以互惠互助的，其中之一，便是为彼此描述后脑勺上这一先令大小的疤痕。试想，女人从尤维纳利斯的言论和斯特林堡的批评中得到了什么样的好处。再想一下，从古至今，男人都是用什么样的聪明仁慈为女人指出了脑后的疤痕！而如果玛丽足够勇敢诚实，她就会绕到男人的身后，并告诉我们她看见了什么。除非有女人先把这一先令大小的疤痕加以描绘，否则的话，永远不可能刻画出一幅真实完整的男人形象。伍德豪斯先生和卡索邦先生就有这种大小、这种性质的疤痕。当然，任何头脑正常的人都不会怂恿她去故意讥讽和嘲弄——文学表明，以那种想法写下的文字终将一无是处。人们常说，只要诚实，那结果定会令人相当惊奇又特别有趣。

喜剧必然会丰富多彩，新的事实必然会为人知晓。

不过，现在应该把注意力再次放回这本书上。如果去猜测玛丽·卡米克尔会写些什么、该怎样写，还不如看看她实际写了些什么。所以，我继续往下读。我想起，自己对她有一些不满。她将简·奥斯汀的句子分开，因此我也就没机会去炫耀我无可挑剔的眼光。"是的，是的，这很好，不过简·奥斯汀写得要比你好得多。"这样的话说出来毫无用处，因为，我承认她们二者之间，毫无可比之处。她又更进一步，接着打乱了顺序——这也是我们所期望看到的。也许她这么做是无意的，她只不过是用女人的方式，恢复了事物自然的顺序，女人就是这样写作的。但最终效果却有点让人心生困惑，我们看不到波澜起伏，看不到危机四伏。所以，我就无法炫耀自己感情之深刻，对人心所知之深邃。可无论爱情，或是死亡，每当我以为重要的就在前方不远处，那个恼人的东西就会猛地一把将我拉走，似乎重要之处还在前方。而这样下来，她就使得我无法高谈阔论，堂而皇之地说出诸如"基本的感情""人性普遍之处""人的内心深处"之类的词句，而正是这些让我们相信，虽然我们外表看似乖巧，但内心却是非常严肃、深沉、慈悲的。她却让我觉得，刚好相反，人们思想懒惰，因循守旧，丝毫没有严肃、深沉、慈悲之心——这个想法实在是枯燥乏味。

但我继续读下去，注意到一些别的事情。她并非"天才"——这是显而易见的。她并不像她的前辈温切尔西夫人、夏洛蒂·勃朗特、艾米莉·勃朗特、简·奥斯汀还有乔治·艾略特那样，对大自然有着满腔热爱、火一般的想象力、奔放的诗意、横溢的才华、深沉的智慧。她没有多萝西·奥斯本那般的生动形象、端庄郑重——

说实在的，她不过是一个聪明的女子，十年之后，她的作品无疑会被出版商淘汰殆尽。然而，即便如此，跟半个世纪之前的女性相比，她的天赋倒是更胜一筹。相对而言，男人不再是"反对势力"，她无须花费时间去抱怨他们，她不必像简·爱那样爬上屋顶，因为憧憬旅行，渴望获得人生经历、渴望去认识将她拒之门外的世界，而失去了平和的心态。或许，她对男人的恐惧和仇恨几乎消失殆尽。但当她对自由的渴望受阻时，她对男人的描写就会少了几分浪漫，而略带些讽刺刻薄，这时恐惧或仇恨才稍微流露出来。所以可以肯定，作为小说家，她还是拥有一点天然的优势。她的情感更为广阔、热切，也更为自由，也许我们感觉不到的细微之处，她却能感受颇深。就像一株新生的植物，亭亭玉立，尽情地沐浴在大自然的光影之中。对于那些几乎不为人知、不曾被记载的事物，她也会四下打量，显得十分好奇却又极其微妙。偶然发现了一些细小的东西，便也让我们知道，那或许并非不值一提。她让尘封已久的东西得以重见天日，让人们纳闷当初为什么要把它们埋藏起来。尽管她有些笨拙，也不像萨克雷或兰姆那样，无意间便与悠久的传统一脉相承，笔尖轻转，便可以流淌出清脆悦耳的声音，她只是——我开始想——学到了人生中最重要的第一课：她像一个女人那样写作，又像是一个忘记自己是女人的女人那样写作。结果便是，她的书中充满了奇特的性别特征，而这只有当自己不再拥有性别意识时才有可能出现。

一切事物都有好的一面。但除非她能抓住灵感来临的那一瞬间，加上个人的经验，写下名垂千古的经典著作，凭此建起永恒不倒的伟业，否则的话，无论多么丰富的情感和敏锐的洞察力都无济于事。我说过，我会等到她去面对一个"特定的情形"。而我之所以这样说，就是要等到她发挥自己的潜力，倾其所能、全身心地投入，来证明她不是一个转瞬而逝的匆匆过客，她会透过表面，看到事物的本质。她会在某个时刻对自己说，就是现在，无需声色俱厉，我也可以揭示出这一切的意义。然后，她就会开始——就是这种跳跃，不会错！——用尽全力、发挥才能，头脑中便会浮现出那些几乎被人忘掉、在其他章节中被遗漏、也许是非常琐碎的事情。就在旁人缝补衣物或是抽烟消遣时，她要尽可能自然而然地让那些琐事鲜活起来，让人感受到，她继续写下去，我们就会感觉自己仿佛登上世界之巅，而所有的一切都在下面展开，历历在目，美丽而壮观。

无论如何，她还是在尝试。而在我注视着她继续去努力迎接挑战时，我看到了，但希望她不要看到，那些主教、学监、博士、教授、族长和老学究全都朝她大声喊叫，发出警告，提出批评。你不能做这，你不该做那！只有研究员和学者才可以踏入这块草坪！没有介绍信的女士不得入内！有抱负、优雅有风度的女小说家走这边！他们就这样，像赛道围栏外吵闹的看客，对她纠缠不休，而现在就要看她能否不去左顾右盼，径直越过那道跨栏，便完成了对自己的考验。我对她说，如果你停下来去顶撞他们，你就输了，也别停下来去嘲笑他们，这也会输掉。犹豫不决，缩手缩脚，都会输掉。集中精力去跳吧，我恳求她，就像是我把所有的东西一股脑儿全押在她身上，她像鸟儿一样越过栅栏。可前面还有一道栅栏，再往前还有一道。她是否能坚持到最后，我不知道，因为恼人的掌声和叫喊声不绝于耳。但她尽力了。想想玛丽·卡米克尔并非天才，她不过是个寂寂无名的女子，在一间既是卧室又是客厅的房间里写出了她的第一部小说，时间、金钱和闲暇，有利的东西一样也没有，我想，她已经做得很好了。

我读到了最后一章，同时得出了一个结论——人们的上半身在繁星点点的夜空下完全暴露出来，因为有人拉开了客厅的窗帘——若是再给她一百年的时间，给她一间自己的房间，每年给她五百英镑，让她敞开心扉说出自己的想法，还要把她写好的东西删掉一半，那么，有一天她必将会写出一部更好的书来。再过一百年，她会成为一位诗人。我把玛丽·卡米克尔的《人生之冒险》放到书架的一端，如此说道。

Chapter
06

·第六章·

第二天，十月的晨光照耀，尘埃中看得见一缕缕阳光从未拉上窗帘的窗户照了进来，同时还夹杂着街上川流不息的嘈杂声。伦敦的发条已经上紧，工厂又开始运转了，机器也开始轰鸣。读完这些书，我忍不住望向窗外，看看一九二八年十月二十六日早上的伦敦，到底是什么样子的。那么，伦敦的人们在做什么呢？看来好像并没有人在读《安东尼与克莉奥佩特拉》。伦敦的人们对莎士比亚的剧作毫无兴趣。对小说的未来、诗歌的消失，或者对一名普通女子创造的一种散文风格，谁都毫不在乎——这我并不怪他们。就算有人用粉笔在人行道上把这些事情一一写下，也不会有人停下来，弯腰去看一看。用不了半个钟头就会被无动于衷、匆匆而过的脚步蹭得一干二净。这边走来一个童仆，那边跑来一条被女人用皮带牵着的狗。伦敦街头的迷人之处，就在于此，你绝对找不到两个相似的人。每个人似乎都有各自的事情要做。有几位拿着公文包，像是那种出门办公事的人；也有几个流浪汉，用手中的棍子当当敲打庭院的护栏；还有人亲切友善，彬彬有礼，冲着马车里的人打招呼，主动向人提供各种信息，好像街道就是他们俱乐部的会客厅；也有出殡的队伍经过，让人不由得想起自己有一天也会死去，便不由得脱帽向送葬的队伍致敬；然后，有一位气度不凡的绅士慢慢走下门口的阶梯，停在一边，以免撞上一位匆匆而过的女子，那位女子不知用什么办法，搞到一件华贵的皮毛大衣和一束帕尔马紫罗兰。他们看上去全都各不相干，只关注着自己，各自忙着各自的事情。

就在此时，一切往来的车辆全都停了下来，安静极了，这在伦敦经常发生。街上静悄悄的，没有人从这里经过。一片树叶从街头的那棵梧桐树上掉落下来，而且恰巧在这个瞬间，飘落下来。不知为何，这就像是一个从天而降的信号，为我们指出了事物之中一直被人忽视的那种力量。它好像指向了一条河，一条看不见的河，从这里流过，转过街道的拐角，沿街而下，把路人都卷入其中，就像牛津剑桥的那条河流，把载着学子的轻舟和枯叶一起带走。现在，它就载着一位脚穿皮鞋的姑娘，从街的一侧斜穿向了街的对角，而后还带着一个身着褐红色大衣的年轻男子，它还带来了一辆出租车，并将这三者汇合到一处，那正是在我的窗下。出租车停了下来，那位姑娘和年轻男子也停了下来，他们上了车，然后，这辆出租车悄然离去，仿佛被水流冲到了别的地方。

这个景象司空见惯，奇怪之处在于我的想象力赋予了它一种节奏感。而两个人钻进出租车这么平常的一幕，也能带给我们一种力量，即能将他们的那种心满意足表现得淋漓尽致。我一直看着这两个人沿街走来，在街角相遇，似乎也可以缓解心中某种紧张的情绪，我这样想着，看见出租车转弯，匆匆驶去。或许，总把男女两个性别区别对待是件费力的苦差事，而我这两天一直这样做。这让我大伤脑筋，难以正常地思考。而现在，看到两个人走到一起，上了一辆出租车，我的苦恼也便消失了，我的精神也可以恢复如常。大脑当然是个非常神秘的器官，我把脑袋从窗口缩了回来，想到我们对它一无所知，却事事都要依赖它。身体受了伤，总能找到明确的原因，那么为何我会感到头脑中也有隔阂和对立？而所谓"思想和谐"又是什么意思？我沉思了，因为显然，大脑有一种非常巨大的力量，随时都可以集中在任何一点上，思考各种问题，那么其存在的状态，似乎不会是某种单一的形式。譬如，它可以把自己与街上的人分开，当从楼上的窗子向下望去，想象自己和他们拉开了距离。或者，它也可以与其他人共同思考，譬如就像，在人群中等着某条消息播出来，情况就是这样。它可以通过自己的父辈或是母辈回首往昔，如我所言，一位写作的女人从母亲那里才能看到过去。而且，如果身为女人，便常常会因为意识突然分裂而感到惊讶，比如，走在怀特霍尔大街上，她原本还是那种文明的天然继承者，一转眼就成了一个外人，既陌生，又挑剔。显然，心思所在，时常因外界的变化而不同，而世界，也就在不同的眼光中依次呈现。但是，即使是自然呈现的心境，也有些心境不如其他的心境更为让人舒服。而要保持这种心境，人们便会在不经意间有所克制，渐渐地，这种压抑也让人劳力伤神。但或许也有种种心境，可以毫不费力地保持下去，因为无需克制。而我从窗边回来，心想，这大概就是那些心境中的一种吧。因为在我看到两人上了出租车之后，一度散乱的心思，又在自然之中恢复了凝聚的状态。显然，这是因为两性之间本该和睦相处。即便毫无理性可言，内心深处的直觉也让我们相信，男人和女人的结合会给人莫大的满足、无上的幸福。不过，看到这样两个人上了出租车，随之而来带给我们的满足感不禁让我想到一个问题，人的头脑，是否也存在性别之分，就像身体分作了男女两性，那是不是说，头脑中的男女两性也应该结合，才会带来完美的幸福？于是我笨拙地勾画出一张灵魂的草图，让每个人都被两种力量所主宰，一种是男性的，另一种是女性的。在男人的头脑中，男性的力量胜过了女性，而在女人的头脑中，女性的力量胜过了男性。正常又舒适的状态，就是这两性和谐相处，情投意合。如果是男人，也会受头脑中的女人的影响；如果是女人，也要和她头脑中的男人相互交流。柯勒律治①说过，伟大的心灵是雌雄同体的，他说的大概就是这个意思。只有合二为一，心灵才会变成沃土，而各种才能才会发挥得淋漓尽致。我想，若是大脑只由男人来支配，恐怕和只由女人来做主一样，都无法进行创造。但最好还是稍停片刻，打开一两本书，来考察一番所谓女性化的男人，或是反过来，男性化的女人，到底是什么意思。

柯勒律治说过，伟大的心灵是雌雄同体的，他的意思并不是说这个脑袋里充满了对女性的同情，或是专注于女性的事业，或是为她们代言。或许跟单性的大脑相比，雌雄同体的大脑更不易于对事情做出区分。他大概的意思是说，雌雄同体的心灵能引起共鸣、容易渗透；感情可以自由地交流，不受什么阻碍；它天生富于创造力，光辉绚丽，浑然一体。而事实上，说到雌雄同体的心灵，或是具有女子气的男人，莎士比亚便是典型例子，虽然我们不知道莎士比亚对女人有何看法。但如果说，对待性别毫不在意，或者不把性别区

---

① 柯勒律治（Samuel Taylor Coleridge, 1772—1834），英国著名的浪漫主义诗人。

别看待，就是心智成熟的标志之一。那要获得如此的心境，现在看来，要比以往困难很多。现在我走到在世作家的作品前，停了下来，心想，莫非这就是一直以来让我心生困惑的根源？从来没有一个时代像我们这个时代一样，性别意识如此突出，男人讨论女性的书在大英图书馆里数不胜数，这便是证据。这无疑是女性参政议政的后果。这让男人有了捍卫自我的强烈欲望，如果没有受到挑战，想必他们不会为此费尽心思去重视自身的性别。即便只是几个头戴黑色软帽的姑娘前来挑衅，男人面对挑战，也会给以颜色，若是首次应战，更会变本加厉地报复。这也许就能解释这里给我留下的某种印象，想着，我拿起了 A 先生新写的一本小说。这位 A 先生年少有为，显然，评论家也对他十分青睐。我打开了书。又读到男人的作品确实让人愉快。刚读过女人的书，相比之下，男人的作品更加直白坦率，它让人们看到自由奔放的思想，无拘无束，充满自信。这样一个汲取了充足营养、接受良好的教育、享有充分自由的头脑，从未受过挫折或被人反对，从出生开始便享受自由，任其发展，让人看了心生羡慕。但读过一两章之后，就似乎感觉到书页上横着一道阴影。这是一道直直的黑杠，就像大写字母"I"。我只好左右挪动，才看得到这黑杠下的情景，但我不能确定，那到底是一棵树，还是一个女人在走来走去，因为这个"I"始终挡在眼前。我开始讨厌它。虽然这个"I"最值得尊敬，诚实正直，通情达理，和果核一样坚硬，历经几百年来，良好的教育和营养，将之琢磨得晶莹剔透。我从心底尊重仰慕这个"I"。但是——说到这儿，我又翻了一两页书，看看这个，瞅瞅那个，寻找一些新鲜事物。结果却发现，最糟糕的是，在"I"的阴影里，一切都如雾如烟，变得影影绰绰起来。那是棵树吗？不，那是一个女人。不过……我看着菲比（菲比是她的名字），从沙滩走来，我总觉得，她的身体里似乎一根骨头都没有。然后，艾伦站了起来，他的身影立刻就挡住了菲比。因为艾伦有自己的见解，而菲比就在他洪水般的见解中被淹没了。而且，我想，艾伦充满了激情。我飞速地翻过了一页又一页书，心里感到危机就要来了，果然如此。就在日光下的海滩上，毫无遮拦，劲力十足，再没有比这更不雅观的了。不过……我已经说了太多次"不过"，不能再这么继续下去了。你怎么也得把一句话说完，我这么责怪自己。我要把那句话说完吗，"可是——我厌倦了！"但我为何会心生厌倦？多多少少是因为那个大写字母"I"，处处都是它的阴影，枯燥乏味，如同一棵参天的山毛榉，巨大的阴影遮住了沙滩，毫无生气，以至于那里什么都无法生长。而另外，还有更为隐晦的原因。在 A 先生的心里，似乎有一些障碍、一些羁绊，堵塞了创造力的源泉，把它限制在狭小的范围之内。想起牛津大学和剑桥大学的那顿午餐，落掉的烟灰和那只曼岛猫，以及丁尼生和克里斯蒂娜·罗塞蒂，这一切全都聚集在一起，这其间可能就有那所谓的羁绊。菲比走过海滩，他已不再轻声低吟"一滴晶莹的泪珠落下，是门前那株怒放的西番莲花"，而当艾伦走近时，她也不再回答"我的心，像歌唱的鸟儿，它的巢筑在挂满露珠的嫩枝"，那么，他又能怎么办呢？像白昼一样诚实本分，如太阳一般合情合理，那他就只能做一件事情了。而说句实话，这件事，他已经一而再再而三地做了（我边说边翻着书页），并将继续做下去。我还要补充一句，这看上去似乎有些乏味，虽然我也知道，如此坦率毕竟让人心生不快。莎士比亚的不雅之处让人们忘记了无数的事情，却毫无乏味之感。不过莎士比亚这么做是为了取乐，而 A 先生呢，就像护士们说的，却是故意为之。他是为了抗议。他是凭借自身的优越感来抗议女性想与他平起平坐，所以，他才遭遇羁绊，处处受阻。如果莎士比亚也认识克拉夫小姐和戴维斯小姐，恐怕也会如此吧。毫无疑问，如果女性运动早在十六世纪兴起，而非十九世纪，那么伊丽莎白时代的文学就与实际情况大不一样了。

假如那个大脑中有两面性的理论说得通，那么，所谓的男子气，现在已变成了男人的自我意识，就是说，男人现在写起文章来，只用了头脑中男性的一面。一个女人要是去读这些书，那就犯了错误，好比缘木求鱼，求而不得。我想，令人怀念的，恰是可以启迪人的那种力量。我拿起了评论家 B 先生对诗歌艺术所作的点评，认真细致、全神贯注地读了下去。这些评论都很出色，言辞犀利，旁征博引，可问题在于，他的情感不再为人所知，他的头脑里好像筑起了一间间各不相同的房间，彼此之间互不相通。这样一来，谁要是用心记下了 B 先生的某个句子，那个句子便会砰的一声掉在地上——死了。但我们要是把柯勒律治的句子牢记在心，那个句子便会轰然炸开，绽放出各式各样的思想来，而唯有这样的句子才能永恒流传，长盛不息。

但是，不论出于何种原因，事实都让人深感遗憾。因为，这就意味着——此时我走到了高尔斯华绥先生和吉卜林先生的几排书前——伟大的在世作家，他们一些最好的作品恐怕就不为人知了。不管一个女人如何努力，她都无法在那些书中找到评论家们向她保证肯定存在的那种永生的源泉。这不仅是因为那些作品赞颂的是男人的美德，鼓吹的是男人的价值观，描写的是男人的世界，还因为，渗透在这些书中的情感，女人是理解不了的。还没到最后，人们就开始说，那情感就要来了，它在酝酿，它就要在人们的心中爆发。这样一幅画面将落到朱利昂[①]的心中：他将震惊而死，那位老牧师将为他念上几句讣词，而泰晤士河上所有的天鹅也都为他同唱挽歌。但这一切没有发生，人们便已快速离去，躲进了醋栗树丛，只因这种对男人来说如此深厚、如此微妙、如此富于象征性的感情，却令女人惊愕不已。吉卜林笔下一个又一个掉头离去的军官就是如此，还有那些播种者、独自工作的人，还有那面旗帜，都是如此——这些大写字母[②]让我们脸红，就好像在偷听某些男人寻欢作乐时，被发现了，抓了个正着。高尔斯华绥先生也好，吉卜林先生也罢，他们的身上找不到一星半点儿的女性气质。事实如此。所以，在一个女人看来，他们的特征，若是可以总结的话，好像全是那么粗俗、幼稚。他们的作品，无法带给人启示。而书如果不能给人启示，纵使它重击心扉，也无法深入人心。

　　我把书拿出来，却看也不看又放了回去，心境就是这样，焦躁不安，接着，眼前浮现出一个纯粹的、趾高气扬的未来男性时代，就像教授们往来信件（比如沃尔特·罗利爵士的信件）所预示的那样，而意大利的统治者已建立起那样的时代。只要来到罗马，便逃避不了那股令人窒息的大男子气。且不管这大男子主义对国家而言有多少价值，对诗歌艺术的影响却让人提出质疑。不管怎样，报纸上也刊登了，意大利的小说让人有些担忧。学者们已经举行了一次会议，就是为了"促进意大利小说的发展"。日前，"出身显赫，或是金融

① 朱利昂（old Jolyon），高尔斯华绥《福尔赛世家》三部曲中的人物。
② 在原文中，"播种者""人""工作""旗帜"，各字的首字母均为大写字母。

界、实业界，以及法西斯①社团的重要人物"汇聚一堂，就这个问题展开了讨论，并向领袖发电报，表达了这份希望，希望"法西斯时代的诗人很快诞生"。我们都可以心怀一份虔诚的希望，但诗歌能不能从孵蛋器里孵出来，却叫人怀疑。诗歌理应有一位爸爸，一位妈妈。而法西斯的诗歌，恐怕会是一个流产的小胎儿，就像我们在乡镇博物馆的玻璃罐里看到的那样可怕。据说，这样的畸胎活不了多久，人们从没见过这样的孩子在田间地头割草。一个身体长了两个脑袋，但活不了太久。

但是，假如有人想急于追责，那所有的这一切，不论男女都难辞其咎。无论是诱导者，或是行动者，都要承担责任：贝斯伯勒夫人向格兰维尔勋爵撒谎，她就应该负责任；戴维斯小姐把真相告诉格雷格先生，她也应该负责任。只要是唤醒了我们性别意识的人，统统都要负责。当我想要施展自己的才华于著作时，正是他们，让我在那个欢乐的时代去寻找这种意识。而当时，戴维斯小姐和克拉夫小姐还没出生，作家头脑中的两性也尚未分出一二。这样我只好又回到莎士比亚那里，因为莎士比亚是雌雄同体的，济慈、斯特恩、考珀、兰姆和柯勒律治也是如此。雪莱可能就没有性别之分。弥尔顿和本·琼生身上的男子气未免多了些，华兹华斯和托尔斯泰也是如

---

① 法西斯（fascist）本义是"束棒"（拉丁语：fasces）的音译，是一把被绑在多根围绕在一起的木棍上的斧头，在古罗马是权力和威信的标志。法西斯主义是一种结合了社团主义、工团主义、独裁主义、极端民族主义、中央集权形式的军国主义、反无政府主义、反自由放任的资本主义和反共产主义政治哲学；《大英百科全书》对法西斯主义的定义："个人的地位被压制于集体——例如：某个国家、民族、种族或社会阶级之下的社会组织。"

此。在我们的时代里，普鲁斯特完全是雌雄同体的，或许他只是多了点女性气质。但这种缺陷比较罕见，不值得我们去抱怨，而若没有这种糅合，理智就似乎占了上风，那么头脑中的其他才能便会僵化，失去活力。不过，我想，就当它是一个转瞬即逝的局面，借此来安慰自己。我答应过大家，要把自己的思想变化向你们讲明，而我所讲的，看来大部分都已过时，而年少的你们，对我眼中熊熊燃烧的火焰，也会感到怀疑。

即便如此，我走到书桌旁，拿起了写着"女性与小说"这个题目的那页纸，说道，我要在这儿写下第一句话，任何一位作家，总想着自己的性别，那缺点是致命的。而做一个纯粹的、单一的男人或女人，也是致命的，必须是具有男子气的女人，或是女子气的男人才行。女人要是受了一点委屈，便去一再强调；因为有理，便去申诉；不管是什么事情，说话时，老想着自己是个女人，这也是致命的。我说致命，并不是夸张，因为带着这种偏见的意识写就的文字，注定是要走向灭亡的。这种文字得不到养分的供应，也许有一两天的光景，它流光溢彩、精彩绝伦、影响深刻，但一定会在夜幕降临之时枯萎凋零。这种文字无法在他人的思想深处生长。男人和女人的头脑必须通力合作，然后才能完成艺术的创造。两性之间必须婚配。作家必须完全敞开心扉才能完整充分地让我们体会到他，分享他的经验。必须无拘无束、心境平和。不能让任何一个轮子嘎吱作响，也不可以让任何一道光线隐约可见，必须拉严窗帘。以我之见，作家，一旦分享完他的经验，就必须躺下，让大脑在黑暗中庆祝这场思想的婚姻。他不可以去看，也不可以去问，究竟完成了什么。正相反，他要把玫瑰的花瓣摘下来，或者注视着天鹅安详地沿岸漂浮而去。我又一次看到了河面上载着学子的小舟和河里漂着的几片落叶。看着那一男一女穿过街道走到一起，心想，那辆出租车将他们带走了。我听到远处伦敦的车流发出的轰响，我想，他们被水卷走，流入了那滚滚的洪流中。

这时，玛丽·贝顿闭口不语。她已经告诉你们她是如何得出了那个结论——那个平淡无趣的结论——如果你们想要写小说或诗歌，那你每年必须要有五百英镑的收入，和一间能上锁的房间。她已经尽力把让她得出这一结论的想法，完完整整地说出来。她要求你们跟着她，一下子撞上教区执事的胳膊，在这儿吃了午餐，去那儿用了晚餐，在大英图书馆里画画，从书架上拿下了几本书，朝窗外望去。在她做所有这些事时，她的种种缺点，或者说过失，想必你们已察觉，也看到了这些事情对她的见解产生了什么影响。你们一直在反驳她，并且做出了对自己有利的见解，或是断章取义。就是这样，这也理所当然，因为这样一个问题，只有发现了各种各样的错误之后，才能得到真理。而我自己会先提出两点自我批评，以此来结束，当然，这两点恐怕过于明显，你们想必也会提出来。

你们也许会说，相对而言，关于男性和女性，各自的优势你并没有说出任何见解，即便你作为作家，我们也没从中得到答案。我其实是有意为之，因为，即便是到了来做出一番考量的时候——而此刻，知道女性有多少钱、有几个房间，远比对她们的能力做一番考量要重要得多——即使是到了现在，我也相信，才情不是黄油、白糖，可以称出重量，且不管这是才还是情，就算是剑桥大学也无法衡量，虽然剑桥精于给人分门别类：分等级，给人戴高帽、冠头衔。我认为，即使是在惠特克的《年鉴》中，你们读到的那张尊卑序列表，我也会不相信那就是价值最终的排列。而且，也没有任何确凿的理由让人信服，巴斯爵士去赴宴，最后还是要给一位精神病专家让路，让他先去就餐。让一种性别的人去反对另一种性别的人，让一种性质去反对另一种性质，自我感觉优越，视他人低劣，所有这些，都属于人类生存的"私立学校"阶段。那时，有派系之分，总要有一派压倒另一派，而最重要的事情，是走上一个讲台，从校长本人的手中接过一个亮丽的奖杯。随着人类逐渐成熟，他们不再相信派别，或是校长，或是那让人羡慕的奖杯。无论如何，就书籍而言，大伙都知道，若要这样给它们贴上优秀的标签，又不让其掉落下来，是极其困难的。看看现在的文学评论，不就是一再证明了很难判断吗？"这本伟大的著作""这本毫无价值的书"，说起来，指的是同一本书。褒贬同样毫无意义。的确，评判高下以作消遣或许令人愉悦，但若作为职业，便最为徒劳无益，而若是屈从于裁定者的判决，一味地唯唯诺诺，那就是奴性十足的表现。只写你想写的，那就好了。至于能不能流传百世，还是过眼云烟，谁也不知道。但哪怕是只为向某个手里拿着奖杯的校长、某位袖中装着量尺的教授表示敬意，要牺牲一丝一毫你心中的见解，褪去一点一滴你眼中的色彩，都是最为可鄙的欺骗。相比之下，失去财富或者牺牲贞洁，这些所谓的大灾难，都不过像是给跳蚤咬了一口一般。

我想，接下来你们可能会提出异议，就是在我的这一理论中，重点强调了物质的重要性。即使是为象征主义留下一片余地——比如，一年五百英镑的收入象征了沉思的力量，门上的锁意味着具备独立思考的能力，你们仍然会说，思想应该超越这些事物。还有，大诗人往往都很贫穷。先让我引用一下你们自己的文学教授的原话，他可比我懂得多，如何能造就一位诗人。阿瑟·奎勒 - 库奇教授是这样写的：

　　近百年来，都有哪些伟大的诗人？柯勒律治、华兹华斯、拜伦、雪莱、兰德、济慈、丁尼生、勃朗宁、阿诺德、莫里斯、罗塞蒂、斯温伯恩——我们先停下来，说说这些人当中，除了济慈、勃朗宁和罗塞蒂，其他人都读过大学。而这三人，唯有英年早逝的济慈生活不太富裕。也许这样说是有点残忍，但的确很可悲的、铁的事实摆在面前，所谓凡有诗才、无论贫富都能发展的说法，其实是不正确的。真实的事例告诉我们，这十二个人中，九个都上了大学，也就是说，他们通过这样那样的方法，获得了英国所能提供的最好的教育。你们知道，那剩下的三个人，勃朗宁算得上富裕，而我敢跟你们这样说，如果他家没那么富裕，他就不会写出《扫罗》和《指环与书》，就像拉斯金，假如没有他父亲的生意兴隆，他也写不出《现代画家》。罗塞蒂有一小笔私人收入，此外，他还有作画收入。这样，就剩下了济慈，被命运女神阿特洛波斯夺去了他年轻的生命，正如她在精神病院中夺去约翰·卡莱尔的生命一样，还逼得詹姆斯·汤姆森吸食鸦片，麻醉自己，绝望后殒命。这些事实很可怕，但我们要直面惨淡的人生。确实——对于我们一个民族而言，这是多么可耻——在英国，因为我们国家的某种过错，到今天，甚至是近两百年，穷诗人一直没有机会。请相信——我用了十年花了大量的时间去观察大约三百二十所小学——我们尽可以大谈民主，但事实却是，英国的穷孩子，就像雅典奴隶的孩子一样得不到更多的机会来获得心灵的自由，而伟大作品的诞生正有赖于此。

没有谁能把这一点讲得更清楚。"近两百年，穷诗人一直没有机会……英国的穷孩子，就像雅典奴隶的孩子一样得不到更多的机会来获得心灵的自由，而伟大作品的诞生正有赖于此。"就是这样。心灵的自由依赖于物质。诗歌又依赖于心灵的自由。而女性一向穷困，不仅仅是这两百年，有史以来便一直贫穷。至于心灵的自由，女性还不如雅典奴隶的孩子。所以，女性也就没有写诗的机会。我之所以一直强调金钱和自己的一间房间，其原因就在于此。然而，正是因为过去那些默默无闻的女性的辛苦努力，但愿我对她们能多了解一些，也因为两场战争，一是克里米亚战争，让弗洛伦斯·南丁格尔得以走出客厅；一是欧洲战争，六十年后为普通女性打开了大门。由于上述原因，才使得之前的诸多弊端逐步得以改善。否则的话，今晚你们也不会到这里来，而你们一年挣五百英镑，现在恐怕还不保险，甚至可以说是机会极其渺茫。

也许，你们仍会提出异议，说我为什么把女性著书立说看得如此重要？而据你所说，为此要付出如此巨大的代价，没准儿还会导致自己姑姑的被谋杀①，几乎肯定要在午餐会上迟到，或许要和一些大善人产生非常严重的争执。我承认，从某种程度上说，我的动

① 此处乃戏言，因为前文提到，由于姑姑不幸坠亡，"我"每年都有五百英镑的遗产继承。

机是自私的。就像大多数未曾接受过教育的英国女性一样，我喜欢书——几乎什么书都看。近来，我的兴趣爱好变得有些单调乏味；历史，写的都是战争；传记，写的都是大人物；诗歌，我看出来，它渐渐变得毫无生机，而小说——不过，作为现代小说评论家，我的确很无能，这一点暴露无遗，所以我还是不发表意见。所以，我请大家放手去写各种各样的书，不管篇幅大小，都不要犹豫。我希望你们尽其所能，给自己想办法挣到足够的钱，好去旅游，去享受空闲时间，去想象世界的未来或过去，去看书、去做梦或是在街头闲逛徘徊，让思想的渔线深深沉入这条河流中去。因为我绝不希望你们局限在小说上。倘若你们想让我高兴——像我一样还有成千上万的人——那就去写写游记和历险记，做研究或者搞学术，写历史或者传记，搞文学批评，研究哲学或者科学著作。这样一来，你们写小说的技能也会进一步提高，因为各门学科都会相互影响。而当小说与诗歌、哲学并肩而立时，情景一定会大为改观。除此之外，如果你们思考以往的任何一位大人物，如萨福，如紫式部夫人，如艾米莉·勃朗特，你们就会发现，她不仅是创作者，还是一位继承者。她的出现，是对于女性而言，写作的习惯早已自然而然地形成了。所以，即使只是为诗歌拉开序曲，你们做的这些事情也是非常珍贵的。

但是，当我回过头来看这些笔记，并对自己做笔记时的思想活动进行自我批评，我发现自己的动机也并非全都自私。在这些评论或者离题万里的闲谈之中，仍然贯穿着一种信念——或者说是一种直觉？——那就是，好书是值得我们拥有的，而好的作家，即便他们身上有着些许恶习，仍然也是好人。如此一来，我请你们写更多的书，实际上我是在鼓励你们去做一些不仅对自己有利，还对整个世界有所裨益的事情。不过，该如何证明这一直觉或者信仰是正确的，我就不知道了，这是因为，一个人如果没读过大学，就很容易上了哲学术语的当。"现实"，是什么意思？似乎是某种飘忽不定、非常靠不住的东西——有时出现在尘土飞扬的马路上，有时出现在街头的一页报纸上，有时又出现在阳光下的一株水仙花上。它使屋里的人快乐起来，使一些不经意间说出的话能被人牢牢记住。让在星空下回家的路人为之一震，让这无声的世界远比有声的世界还要真实——随后，它又出现在喧嚣的皮卡迪利大街上的一辆公共汽车里。有时，它又存在于距离我们太远，影影绰绰，让人看不清楚它的形体，让人琢磨不透它的性质。但不论它触及了什么，它都会固定下来，长久不变，成了永恒。这就是一日将尽，白昼在树篱中褪去，所剩下的余迹；这就是岁月流逝，爱恨过后，所留下的沉淀。在我看来，作家才更有机会，比其他人更多地出现在这一"现实"面前。他将以此为自己的责任，去发现、收集，并将它们写出来，与我们分享。至少，这是我在读完了《李尔王》《爱玛》或《追忆似水年华》之后所做出的推论。因为读这样的书，就好像在为各个器官做了奇特的手术，摘去了遮蔽眼睛的白内障，让人觉得豁然开朗，世间的一切都清晰地展现在面前，生活也更为绚丽夺目。不愿意生活在"非现实"中的人是令人羡慕的，而被不经意或者是不在乎的事情撞破脑袋的人是可怜的。而我之所以要求你们去挣钱或拥有一间自己的房间，就是要你们活在现实当中，不管我是否能将这种生活描绘出来，那都将是一种生机盎然、富有活力的生活。

我本想就此停住，但一贯的做法是每一次演讲结束，都必须有结论收尾。而针对女性所作的演讲，想必你们也会同意，结论应该有某种让人精神振奋、使人灵魂高尚之处。我应当恳请你们记住自己的责任，要更加高尚，更加注重精神生活；我应该提醒你们，未来肩负着多少重任，你们对于以后的影响又会是多么深远。但是，我想，把这些忠告留给男士们去说也是不错的选择，他们的口才远胜于我，他们更会循循善诱，他们的确也这样做了。而我在大脑中苦苦搜索一番，也没有发现那些高尚的情感，来说一说团结互助、追求平等，为了更高远的目标而影响世界。我发觉自己只会简简单单、平平淡淡地说，做自己比任何事情都更重要。如果我知道怎样能把话说得更为高尚，我就会这样说，不要总想着去影响他人，要想想事情本身。

当我随手翻一翻报纸、小说和传记，就再次让我想到，女人和女人交谈，必定会心生不快。女人对女人并不会客气。女人不喜欢女人。女人——不过，难道这两个字还没让你们听得烦死？我可以向你们保证，我是烦死了。那么，我们就达成一致了，一个女人给众多女人的演讲要以某种令人不快的话为结尾，这也是很正常的。

但是这要如何说呢？我能想到些什么呢？真相就是，一般情况下，我是喜欢女性的。我喜欢她们的不拘习俗，我喜欢她们的完美自然，我喜欢她们的默默无闻，我喜欢——不过，我不能这样一直说下去。那边的餐柜——你们告诉我，那里面只有干净的餐桌布。要是阿奇博尔德·博德金爵士躲在里面，该怎么办？那我就换一种严厉的口吻来说。先前我说的，是不是已经充分向你们传达了人类的警告和非难？我已经告诉过你们，奥斯卡·勃朗宁先生对你们评价甚低。我也指出了拿破仑以前对你们的看法，还有墨索里尼现在的看法。然后，要是你们中有谁有志于小说创作，我也是为你们着想，我引述了评论家的语录，内容是要你们勇于承认身为女性的局限。我还提到了 X 教授，特别指出了他对女性在心智、道德和体能上都不如男人的论断。这些都不是我专门查找的，我只是碰巧遇见，我也都如数传达，而这里是最后一条警告——来自约翰·兰登·戴维斯先生[1]的。"当人们不再想生孩子的时候，女人也就没用了。"我希望你们记住这句话。

　　我要怎么做，才能鼓励你们投入生活呢？我要说，姑娘们，请注意听好了，因为我要开始总结了，在我看来，你们如此愚昧无知。你们从未有过任何重大发现。你们从未动摇过一个帝国，也从未领军打仗。莎士比亚的戏剧并非出自你们的手笔，你们也从未让任何一个野蛮民族受到文明的熏陶。你们会怎样为自己找借口呢？当然，你大可指指地球上的街道、广场和森林，那里云集着黑色、白色和棕色的居民，他们都在忙碌，忙于往来通行、企业经营，还有谈情说爱，并对我说，我们手头上也有别的事情要做。如果没有我们的辛劳，海面上便不再会有航行的船只，肥沃的土地也会变为沙漠。我们生育了十六亿两千三百万人，据统计，这就是现存人类的全部。我们要养育他们，为他们洗澡，让他们受教，或许一直要到他们六七岁的时候，这些事即便有人相助，也需要时间。

　　你们说的都是事实——这一点我并不否认。但是，与此同时，我还要提醒你们，自从一八六六年以来，英国至少开办了两所女子学院；一八八○年之后，法律允许已婚女性拥有自己的财产；而在

---

① 《女性简史》，由约翰·兰登·戴维斯所著。——原注

一九一九年——那已是整整九年前了——她们有了选举权。还容我提醒你们，大多数的职业已经向你们敞开大门，到如今已经有近十年的历史。当你们想到有这么多特权，想到你们享有这些特权如此之久，而且，事实上，迄今为止应该约有两千名女性每年能以这样或那样的方式挣到五百英镑，你们就会同意，所谓缺少机会、培训、鼓励、闲暇和金钱的借口，已经不再说得通了。更何况，经济学家告诉我们，西顿夫人生的孩子太多了。是的，你们当然必须生孩子，但是，在他们看来，你们生两三个就行了，不需要生十二三个。

因此，手上有了时间，脑袋里就可以装些书本知识——另一种知识，也早已够你们用，而我猜测，你们来上大学，部分原因可能就是为了不再装入这种知识——毫无疑问，你们当然应该在这条艰难困苦、晦暗不明的漫漫长路上，开始一个新的阶段。上千名教授乐于指导你们应该做些什么，又会得到怎样的结果。我得承认，我的建议有些古怪。因此，我更愿意用小说的形式来把它表现出来。

在这篇文章中，我曾经告诉过你们，莎士比亚有一个妹妹。但是，不要在西德尼·李爵士所写的莎士比亚传记中去查寻求证。她年纪轻轻就死了——唉，她没有留下只言片语。她葬于大象城堡酒店的对面，就是如今停靠公共汽车的地方。而我现在相信，这位没有留下只言片语、埋葬在十字路口的诗人依然活着。她就活在人们的心中，也活在今天晚上不曾出现在这里的许多其他女人的心中，因为今天晚上，她还在刷盘子，还在哄孩子入睡。但是她活着，因为伟大的诗人不会死去。她将永世长存，只需一个机缘，便会鲜活地走在我们中间。而这个时机，我认为它就要来到，因为你们有能力给她这个机会。我相信，倘若我们再活上一百年——我所说的，是共同生活，是真正的而不是我们作为个体所过的那种生活——而且我们当中的每个人每年都有五百英镑的收入，我们都有自己的房间；倘若我们习惯于自由自在地、无所畏惧地写出心中的想法；倘若我们偶尔能逃脱那间公用的会客厅，不再总是从人与人之间的关系，而是从人与现实之间的关系去观察人物，去观察天空、树木以及世间的万事万物；倘若我们的视线能穿越弥尔顿的幽灵，因为谁也遮挡不住我们的眼界；倘若我们能面对事实，因为它仅仅是事实，我们没有可以依靠的肩膀，只能独自前行。而我们的关系是与现实世界的关系，这世界并不仅仅是指男人与女人的世界，那么机会就会来临，那位死去的诗人——莎士比亚的妹妹，她那入土已久的躯体便会重新复活。她将会从那些无人知晓的前辈身上汲取生命，就像她的兄长在她之前所做的那样，她必将重生于世。若是没有这种准备，没有我们所做的努力，没有重生后她可以活着、可以写诗的信念，我们就不能期盼她的到来，因为这是不可能的。不过，我仍相信，如果我们为她努力，她就会到来。即使一无所有、默默无闻，这样的努力也是值得的。

Postscript

·译后记·

一九二九年十月，弗吉尼亚·伍尔夫的《一间只属于自己的房间》正式出版。一九二八年十月，她在剑桥大学作了两次演讲，一次是在纽汉姆学院，一次是在格顿学院，讲的都是"女性与小说"（Women and Fiction），以这两次演讲为基础，伍尔夫创作了《一间只属于自己的房间》。这是一部探讨女性意识和女权思想的著作。从古至今欧洲女性地位低下，在伍尔夫时代，对女性的偏见以及男女地位的不平等已经在逐渐减弱，同时，她坚持认为，要实现真正的男女平等，未来的路依旧很遥远。据此，她提出了自己的看法"一个女人要想写小说必须有钱，还要有一间只属于自己的房间"。"自己的房间"不仅指女性的居住空间，更象征着女性创作的文学空间。女人有自己独特的观察事物的角度，倘若不能摆脱男权社会的支配，去进行勇敢的探索，就不能真正地表现自我。女性要想摆脱生活上以及创作上受歧视的地位，就必须建立自己的评判标准，也就是说必须有"一间只属于自己的房间"。

论著以幽默嘲讽的语气，写得流畅自然，很有说服力。全文共分六章。第一章，作者提出自己的观点，即女人写作，必须有钱和属于自己的房间。然后描写"我"在牛桥大学（实际上是牛津和剑桥的合称）的经历和感受。第二章描述了"我"在大英博物馆，查到关于女人的书都是男人写的。第三章很有趣味，假设莎士比亚有一个妹妹，讲了发生在她身上的事情。第四章，作者谈到女性创作的情况。男人不能接受，有写作天赋的女人也不能接受女人创作这一事实。第五章，作者从女性创作，谈到女性本身。她又阐述了自己的观点，女人不应该像男人那样去写作，应该保持自己的女性特色。第六章，作者对具体作家进行了具体分析。莎士比亚被认为是半雌半雄的，雪莱被认为是无性别的，弥尔顿和本·约翰逊被认为是男性多一点，华兹华斯和托尔斯泰也是如此。

伍尔夫的这种观点很有新意，从每个作家思想中男女性别比例的不同，来划分作家类型，并得出结论，作家思想中男女结合才能创作出最好的作品，这便是她的"双性同体"理论。伍尔夫认为，伟大的心灵是雌雄同体的，只有合二为一，心灵才会变成沃土，各种才能才会发挥得淋漓尽致。若是大脑只由男性来支配，恐怕就和只由女性来做主一样，都无法进行创造。完美的创作状态是两性和谐融洽，并不是要双性一定对等平衡，只有这样，创作者才能身心愉悦、心境澄明，才能写出传世不朽的作品。作者提出的"双性同体"理论有点类似中国道家思想中的阴阳合一、物我相通，就是要达到一种超越性别的理想境界，作家独特的语言风格就是在这一境界中自然而然形成的。伍尔夫认识到性别本质论的局限，个性差异的存在，以及最后走向双性同体的可能。这就是"双性同体"理论的独特价值所在。

社会价值决定了文学价值，而这种价值标准恰恰是由男权社会来定的。作者敏锐地发现男女两性价值观的区别，并大胆解构占主导地位的男性价值观，倡导女性建立自己的价值观。"成为自己比什么都重要"，女性要想成为自己就必须坚持自己的价值观，不能一味地追求和男人平等一致。伍尔夫强调女性意识，宣扬女性价值，但并没有将她的女性主义思想建构成封闭的体系，恰恰相反，这一体系是开放的，是与现实社会密切联系的。这是伍尔夫女性主义思想比较开明的地方。伍尔夫选择的道路不是与曾经压迫、歧视女性的社会现实断绝关系，不是与男性断绝关系，不是要过一种摆脱男人的生活，她要建立的思想是向历史开放、向现实开放、向男性开放。她希望女性走出自己的私人空间，进入公共生活，不仅关注女性与男性的关系，而且关注女性与现实世界的关系。她希望女性在重建自我的同时，还要与男性建立和谐融洽的关系。她的女性意识是不依赖于男性，独立自主，能与男性一起共创共享美好社会。

弗吉尼亚·伍尔夫是把女权主义思想引入文学批评的第一人，她不仅把父权文化注入了文学批评，而且还改变了文学批评惯用的表达方式，从而使女性思想以一种截然不同的方式在文学批评中脱颖而出。作为女权主义的开拓者，伍尔夫并没有女性文学批评的传统可以借鉴。在分析女性创作所面临的困难时，她同样面临着没有现成的、可以借鉴的话语。她所能发现的只是零零星星的、断断续续的、隐藏着的文学观。她用隐喻式的语言，并以第一人称和虚构的方式，增强了批评的主体性和抒情性，换而言之，也就是增强了批评的文学性。她关注文学的社会性和具体的文化语境，研究女性作品的特殊性，要求文学反映女性的现状，重视文学的社会功能，对学院派的纯学术不屑一顾，这都体现了她与众不同的一面。

伍尔夫为后世的女性主义研究设定了基本的框架。《一间只属于自己的房间》肯定了女性由于生活和情感经历不同，可以创造出不同于男性作家的题材、风格，逐步实现女性和男性从对立到调和，再到融洽，最终达到"双性同体"的境界。伍尔夫的女性主义文学观，对中国女性文学而言，可以说是一场"及时雨"，使人们在经典作品和现实生活中发现许多未曾注意的东西，改变了自封建社会而来人们看待事物所持有的男性视角。自此以后，女性的声音不再遭到忽视，同时也印证了伍尔夫的预言："一旦女性获得了她们被剥夺的东西——闲暇、金钱以及一间只属于自己的房间，她们将会涉猎更多的文学体裁，不仅写小说，还要写诗歌、文学批评和历史，写出数量更多、质量更佳的作品来。"

韩正　中北大学人文社会科学学院

Virginia Woolf

图书在版编目（CIP）数据

一间只属于自己的房间 /（英）弗吉尼亚·伍尔夫著；韩正，彭兴旺译 . -- 北京：作家出版社，2025. 5.（作家经典文库）. -- ISBN 978-7-5212-3387-2

Ⅰ. I561.65

中国国家版本馆 CIP 数据核字第 2025YQ0680 号

一间只属于自己的房间

作　　者：	（英）弗吉尼亚·伍尔夫	
译　　者：	韩　正　彭兴旺	
丛书策划：	省登宇	
责任编辑：	省登宇	
装帧设计：	TT Studio	
出版发行：	作家出版社有限公司	
社　　址：	北京农展馆南里 10 号　　邮　　编：100125	
电话传真：	86-10-65067186（发行中心）	
	86-10-65004079（总编室）	

E-mail:zuojia @ zuojia.net.cn

http://www.zuojiachubanshe.com

印　　刷：	北京盛通印刷股份有限公司	
成品尺寸：	142×210	
字　　数：	90 千	
印　　张：	4	
版　　次：	2025 年 5 月第 1 版	
印　　次：	2025 年 5 月第 1 次印刷	

ISBN 978-7-5212-3387-2

定　　价：38.00 元（精）